KB213167

구자행님 신인류 사랑

구자행님 신인류 사랑

말과 글로 빚어낸
국어 시간

구자행

양철북

머물러야 글이 나온다

영화를 보다가 가끔 애가 탈 때가 있지요. 총알이 빗발치고 옆에서는 포탄이 터지고 나쁜 놈들은 몰려오는데, 그 숨 가쁜 때에 사랑하는 두 사람은 마치 번갯불에 콩이라도 구워 먹듯이 아랑곳하지 않고 사랑을 속삭이지요. 세상 시간은 돌아가도 두 사람 시계는 그 자리에 딱 멈춰 서 있지요. 글쓰기가 그렇다 싶어요. 어디로 달려가는지, 왜 가는지도 모르고 우리는 날마다 애바쁘게 앞만 보고 달리지요. 한때도 제자리에 가만히 머물러 있지 못합니다. 이런 우리 마음을 잠시 멈춰 세우는 게 글쓰기구나 싶어요. 글은 아주 짧은 한순간을 길게 늘어뜨려 영원에 가닿게도 하고, 눈에 보일 똥 말 똥한 조그만 일도 크게 키우고 넓혀서 환하게 펼쳐 보입니다. 그때 그 자리에 머무를 수 있어야 글이 나오고, 거꾸로 글은 우리를 그 자리에 멈춰 세워 잠시나마 머물게 해 줍니다.

어설픈 글이지만 제가 글을 쓰게 된 빌미는 아이들입니다. 선생 노릇을 한 지 10년 남짓 지나서 이오덕 선생님을 만나 글쓰기에 눈을 떴습니다. 선생님을 좇아서 교실에서 아이들과 자라온 이야기를 쓰고 시 쓰기를 하였습니다. 아이들과 글쓰기를 하면서 저도 교실에서 아이들과 지내는 이야기를 글로 남겼습니다. 아이들에게만 글 쓰라고 시키고 저는 팔짱 끼고 앉아 있자니 뒤가 켕겼던가 봐요.

그런데 또 10년쯤 지나자 놀라운 일이 일어났습니다. 저도 모르는 사이에 제가 달라졌다는 걸 알아차렸습니다. 아이들한테 소리 지르거나 화내는 일이 사라졌고, 교실에서 아이들과 웃을 일이 많아지고, 아이들과 가까워졌습니다. 어디 그뿐인가요. 아이들이 쓴 글을 내가 읽어 주듯이, 아이들도 내가 쓴 글을 읽고 맞장구쳐 준다고 생각하니 글 쓰는 일이 가슴 뛰는 일이 되었지요. 저도 모르는 사이에 아주 딴 사람으로 감쪽같이 탈바꿈한 거지요. 글을 쓰면서 아이들이 자라듯이 저도 훌쩍 자랐구나 싶었어요. 생각이 자라고. 마음이 너그러워지고. 느림보 아이를 느긋하게 기다려 줄 줄도 알고. 모르긴 해도 제 글이 아이들에게 다가가서, 글을 쓰고 싶은 마음이 일게 하는 데도 한몫했지 싶어요.

점심시간 운동장을 걷다가 옆에 젊은 선생들한테 이렇게 물을 때가 있어요.

"교실 문을 열고 들어설 때 가슴이 뛰나요?"

다들 고개를 저어요.

가슴이 답답하다고도 하고, 선생 노릇하기 참 힘들다고 해요. 그러면 또 묻지요.

"처음 아이들을 만났을 땐 가슴이 뛰지 않았나요?"

그랬던 것 같다고 아주 먼 옛날 이야기하듯이 고개를 끄덕여요.

그러고는 되받아 묻지요.

"선생님은 뛰세요?"

어디 저라고 용빼는 재주가 있겠어요. 그렇지만 저는 아이들과 글쓰기를 할 때는 정말로 가슴이 뜁니다. 아이가 쓴 글을 읽다가 마음을 추스르지 못해 슬그머니 일어나 혼자 걸었던 적도 있고요, 아이가 쓴 글이나 내 글을 가지고 교실로 갈 때는 발걸음부터 달라요. 제 글이나 아이들 글을 함께 읽고 아이들과 이야기 나누면서 참 많이 웃었어요.

아이들과 지내는 이야기를 글로 쓰면서 아이들에게 마음이 머물기도 하고, 서로 마음을 나누기도 하고, 제 마음을 다독이거나 다잡기도 했지요. 정말이지 아이들 덕분에 40년 넘게 선생 노릇 흐뭇하게 했구나 싶어요.

좋은 벗이 되어 준 우리 아이들이 참 고맙습니다.

차례

1부

이들은 평화주의자들이다.

세상이 아무리 경쟁 교육으로 몰아가도 경쟁과는

거리가 멀고, 남과 견주는 것도 견주어지는 것도 싫어한다.

그저 지금 하고 싶은 일에 푹 빠져서,

그 재미로 사는 듯하다.

닭꼬지

한 주가 끝나 가는 목요일 아침, 우리 교실에 들어가니 아이들이 방송으로 영어 듣기를 끝내고 가만히 앉아 있다.

"얘들아, 한 주가 퍼뜩이지."

"예."

목소리에 힘이 없다.

"지내기는 어때?"

"힘들어요."

맨 앞에 앉은 반장 승연이가 여전히 힘 빠진 얼굴로 대꾸한다.

"뭐가 힘들까? 힘든 게 뭔지 하나씩 들먹여 보자."

"오늘 1교시가 화학으로 시작한다는 거."

"미적분하고 확률과 통계, 수학이 두 시간 들었다는 거."

"보충에 영어를 두 시간 달아서 한다는 거."

여기저기서 푸념을 늘어놓는데 들어 보니 '그렇구나' 싶다. 모두 마음이 꽉 막혀 있다.

그런데도, 봄비 살살거리는 아침에 내가 해 줄 수 있는 게 없다.

"얘들아, 그래도 좋은 일이 하나쯤 있을 거 아니니?"

"없어요."

"잘 생각해 봐라. 하나쯤은 있을 거야."

아무도 말이 없다.

"오늘 내 수업 한 시간 들었잖아."

"에에~"

그건 아니라고, 모두 웃으면서 고개를 흔든다.

"아무도 날 기다리는 사람은 없나 보네."

그때다. 눈을 반짝이며 승연이가 나선다.

"있어요. 오늘 점심에 닭꼬지 나와요."

"아! 맞다. 닭꼬지."

승연이 말에 시든 풀들이 한꺼번에 고개를 든다.

"그래 그렇구나. 내가 닭꼬지보다 못하구나."

그제서야 아이들이 함박 웃었다. 2015. 3.

맞장구

끝모임 마치자 아이들이 썰물처럼 빠져나가는데 몇몇은 아직 하루를 마무리하지 못해 뭉그적거리고 있다.

거울 앞에서 머리를 매만지던 덕신이가 획 돌아서서 교탁 앞으로 와서 불쑥 물었다.

"쌤, 쌤, 저 앞머리 완전 이상하죠?"

갑작스런 물음이고, 내 눈에는 별다른 점을 못 찾겠다.

"그래. 덕신아. 앞머리 완전 이상하다. 머리를 그래 가꼬 집에 갈라 했어요?"

아이들 감각을 못 따라갈 땐 맞장구라도 쳐 주는 수밖에.

"그렇죠. 쌤, 진짜 이상하죠?"

그렇게 말하고 교실 앞쪽 여자 화장실로 달려간다.

"하정아, 덕신이 머리가 어디가 문제래?"

"저도 몰라요. 뭐가 이상한지."

조금 있다 덕신이가 돌아왔다.

"덕신아, 머리 이제 괜찮니?"

"예, 이제 5대5 가르마가 똑바로 됐어요. 안녕히 계세요."

덕신이는 뿌듯한 얼굴로 총총 뛰면서 교실을 나갔다.

2022. 8. 11.

14

제 앞가림하기

"누가 우리 담임으로 오나 기다렸나요?"

아침에, 1학년 3반 우리 교실로 들어서면서 아이들에게 던진 첫마디다.

"네에."

모두 힘차게 대꾸해 준다.

"나이 많은 할아버지가 담임이라 미안해요. 나는 이제 정년이 다 되어 올해 지나고 내년 8월이면 학교를 떠나요."

그렇게 나이가 많으냐고 눈만 동그랗게 뜨고 쳐다본다.

"학교 공부에 시달리고, 학원에 시달리고, 중간고사, 기말고사, 수행평가까지 우리나라에서 학생으로 살기가 쉽지 않아요. 그렇지만 우리 교실에 오면, 홀가분한 마음으로 서로 웃을 수 있는 그런 교실이 되도록 힘써 볼게요."

첫날부터 아이들한테 나누어 줄 것도 있고, 되받아야 할 서류도 여러 가지다.

하나씩 나누어 주고 나서 입을 열었다.

"올해 우리 반을 꾸려 나갈 열쇳말은 '불친절'입니다."

불친절이란 도발에 무슨 말씀이냐고 나를 쳐다본다.

"어릴 때 내 힘으로 너끈히 할 수 있는 일을 엄마가 가로

채서 해 줄 때 화가 나지 않던가요?"

고개를 끄덕인다.

"내가 할 수 있는 일을 남이 가로채거나, 떠먹여 주면 기분이 나쁘지요. 내 삶에 끼어들었으니까요. 언제부턴가 우리 사회가 과잉보호와 과잉 친절로 치닫고 있어요. 어제도 부산시에서 나에게 문자가 왔어요. 날씨가 갑자기 추워져서 빙판길 조심하라고. 내가 얼어붙은 길바닥에 미끄러져 다칠까, 걱정해 주어서 조금도 고맙지 않았어요. 그 정도는 내가 알아서 할 줄 아니까. 무더기로 문자 그만 보냈으면 싶었어요. 이제 여러분 나이면 제 삶은 스스로 앞가림할 줄 알아야 합니다. 떠먹여 주는 나이는 한참 지났지요. 하다가 잘 모르겠으면 손들고 도와 달라고 해요. 그럼 내가 달려갈게요."

앞줄에 앉은 인아와 뒤쪽에 유진이가 고개를 끄덕이는 게 내 눈에 들어온다.

어느새 입학식 할 시간이라 아이들을 강당으로 먼저 보냈다. 2024. 3. 4.

낯간지러운 이야기

아침에 우리 교실에 들어가 뜬금없이 이렇게 물었다.

"혹시 아침에 눈떴을 때, 아! 빨리 학교 가고 싶어! 이런 마음이 들었던 사람 손들어 봐요."

모두 일곱이나 된다.

"우아! 일곱씩이나, 학교와 사랑에 빠지다니. 놀라워라!"

어제 우리 반 들어가서 공부하고 나온 선생님들이, 3반 공부 분위기 좋다고, 아이들 눈이 반짝반짝 살아 있고, 교사 말에 여기저기서 맞장구쳐 준다고 하기에, 내가 그랬다.

"그게 본디 반이 좋다기보다, 며칠 안 지났긴 해도 담임 영향력이라고 알아봐 주시면 안 될까요?"

그러면서 한바탕 웃었다.

어쨌든, 별 엉뚱한 아이들 다 보겠다. 고등학생이 아침에 눈떴을 때 학교 가고 싶다니.

"왜, 도대체 무엇이, 학교에 오고 싶은 마음이 일게 했을까나?"

혼자 중얼거리는 말로 읊었는데, 둘째 줄에 앉은 성주가 받아 준다.

"선생님이 보고 싶어서."

성주도 중얼거리는 말로 대꾸했다.

그러자 앞줄에 앉은 인아도 맞장구친다.

"저도 선생님을 만나고 싶어서 학교 오고 싶었어요."

그 말 듣고 나도 가만있을 수가 없다.

"나도 여러분이 보고 싶어 오늘 자전거 타고 일찍 왔어요."

오늘은 참 낯간지러운 이야기를 적어 보았다. 2024. 3. 7.

무한긍정남

국어 수행평가로 서평 쓰기를 시켰다.

원고지를 인쇄해서 나눠 주었는데

예진이가 조심스럽게 손을 내민다.

"샘, 또 잃어버렸는데 한 장 더 주시면 안 돼요?"

지난 시간에도 한 장 받아 갔으니 벌써 석 장째다.

"예진이는 용지를 잃어버렸는데도 끝까지 포기하지 않는구나."

나도 웃으면서 받아 주었다.

그랬더니 옆에 앉은 지원이가 감탄사를 날렸다.

"우아! 역시 무한긍정남." 2017. 6.

상현이

아침에 교실에 들어서니 상현이 자리만 비었다.

상현이는 학교 교문 바로 옆에 산다.

넷째 시간, 우리 반 문학 시간이라 들어갔더니 상현이가 앉아 있다.

내하고 눈이 마주쳐도 무슨 말이 없다.

"상현아."

"예."

"언제 왔어?"

"3교시 중간에 왔어요."

"왜 늦었을까?"

"늦잠을 잤어요."

"그래. 그러면 내가 니한테 먼저 물어봐야 되겠나. 니가 먼저 이래서 늦었다고 말해야 되겠나?"

"…"

"그리고 늦잠을 자도 그렇지. 3교시까지 잤다는 게 말이 돼? 변명같이 들리는데?"

"…"

"앞으로 나와 봐라."

딱히 화가 난 건 아닌데 내 목소리가 갈수록 커졌다. 마음이 욱했다는 증거다. 숨 고르기를 했다.

"그럼, 니하고 내하고 역할을 바꿔 보자. 내가 니고 니가 이제 선생님이다. 선생님 눈으로 내 같은 애가 이해가 되는지, 처지를 바꾸어서 한번 생각해 봐라."

그러고는 상현이와 서로 자리를 바꾸었다. 나는 상현이 서 있는 자리로 가고, 상현이는 내가 섰던 교탁 앞으로 갔다.

"자아, 그럼 들어간다."

"선생님, 저 오늘 늦잠 자서 지각했어요. 늦잠을 자도 너무 자서 3교시에 학교에 왔어요."

"그래. 다음부터 그러지 마라."

상현이는 어진 아버지처럼 아주 부드러운 말로 타일렀다.

그 말에 우리 반 아이들이 모두 깔깔대면서 책상을 두드리고 웃는다. 나도 웃음이 나왔다. 2012. 9. 12.

상우와 현태

둘째 시간, 1학년 1반 교실에 들어서는데 저 뒤에서 욕하는 소리가 들린다.

"-씨〇."

"-씨발〇아."

아이들 떠드는 소리에 묻혀 무슨 말을 주고받는지 알 수 없으나 욕은 또렷하게 들렸다.

아이들은 종소리에도 아무 반응이 없다.

생각해 보면 그럴 만도 하다. 교사야 내가 하는 한 시간 수업이지만 아이들 처지에서 보면 또 언제 끝날지 모르는 긴 하루 가운데 겨우 한 시간일 뿐이다.

상우와 현태는 아직도 서로 얼굴을 붉히고 티격태격하고 있다. 둘을 교탁 앞으로 불렀다.

"무슨 일이고?"

"추운데 상우가 문을 안 닫고 들어오잖아요."

먼저 현태가 변호를 하고 나선다.

그러자 상우도 지지 않고 자기변호를 한다.

"현태가 먼저 욕을 하잖아요."

"내가 잘 모르겠으니까 아까 한 그대로 상황극을 해 보자.

아까 한 말, 표정, 행동 하나도 속이지 말고 그대로 해 보자. 현태는 자리에 앉아 있고 상우가 뒷문을 열고 들어오는 상황부터 시작이다.”

상우가 문을 열고 들어서자 현태가 짜증이 가득한 말투로 내뱉는다.

“아, 문 닫으라고. ○발.”

그러자 상우도 퉁명하게 받아친다.

“내 알 바가.”

“아, 존나 싸가지 없네. ○발.”

“니만 하겠나. 씨○년아.”

“그래도 닫으라고. 씨○.”

조금 전 상황을 그대로 되살리니 아이들은 재미난다고 책상을 치고 웃고, 현태와 상우도 입가에 웃음이 번진다.

“자, 그럼 이제 아까처럼 하지 말고 아주 상냥하게 말해 보자. 상우가 문을 안 닫고 들어온다. 그때 현태 큐!”

“상우야, 문 좀 닫아 줘.”

현태가 애교를 떨며 말한다. 앞자리에 앉은 희우는 오글거린다고 손가락 끝을 모아 쥐고 몸을 비틀고 야단이다.

“싫어.”

“그래도 좀 닫아 줄래. 상우야.”

“응 그래.” 2013. 11. 7.

말높이

"아직 수강 신청 사이트에 들어가시지 못한 분은 이 아이디로 로그인하셔서 들어가셔야 됩니다."

방송으로 2학년 때 공부할 선택 과목 신청하는 방법을 내보이면서 교사가 학생들에게 하는 말이다. 종종 이런 말도 듣는다.

"2번 문항을 이렇게 수정하시고 문제를 푸세요."

"여러분, 제가 드린 계획서에 의거해서 작성하시고 제출하시면 돼요."

"너 인마, 왜 그렇게 싸가지가 없어! 또 그따위로 행동해라!"

교사와 학생이 주고받는 마주말은 어떤 모습이 좋을까? 교사라고 윽박지르고 함부로 말하는 것도 몹시 귀에 거슬리지만, 학생들에게 '-시-'까지 넣어 가며 깍듯하게 높이는 것도 참 멋쩍게 들린다.

"쌤, 저 이 문제 잘 모르겠어요."

"그래요. 이렇게 한번 생각해 봐요."

"아하! 그러니까 풀리네요. 쌤, 신기해요."

"내가 도움이 됐다니 기쁘네요."

내가 그려 보는 교사 학생 사이 대화 모습은 이렇다. 그렇지만 나는 반말과 '~해요'체를 섞어 가며 쓴다. 반말은 말을 끝까지 다하지 않고 반쯤 하다가 말았다고 반말이다.

"배고파?"
"아니, 참을 만해."
"뭐 좀 먹을래?"
"나중에."

오래 알고 지냈기에 잘 알거나 서로 교감이 쌓여서 온말을 하지 않아도 알아들을 때 쓰는 말이다. 친구 사이나, 연인 사이나, 부부 사이나, 언니 아우 사이에 쓸 수 있는 곰살맞은 말이다. 부모 자식 사이에도 쓸 수 있는 말이다. 나는 우리 집 아이와 이렇게 서로 반말하며 지낸다.

오래전부터 스스로 마음에 다짐한 게 있다. 학교에서 아이들과 마주할 때 옆에 동료 교사를 마주하는 마음가짐으로 말하겠다는 다짐이다. 동료가 말실수하거나 잘못된 행동을 했다고, '선생님, 왜 그렇게 싸가지가 없어요?' 이렇게 말하지는 않는다. 잠시 한발 물러나 생각해 보면, 나이가 어리다고 함부로 말할 권리는 누구에게도 없다. 단지 나도 모르게 뇌에 박힌 낡은 말버릇일 뿐. 내가 이렇게 마음먹고 나서부터 달라진 게 있다. 딱 잘라 말할 수는 없지만, 아이들에게 화낼 일이 없어졌고, 아이들과 사이가 좋아졌고, 교실에서 생겨나는 매듭이 쉽게 술술 풀린다고 느낀다.

꼭 학교만이 아니라 온 세상 사람이 남녀, 노소, 상하 가리지 않고 '-시-'를 붙여서 서로 깍듯하게 높이든지, 서로 '해요체'로 주고받든지, 살갑게 서로 반말을 하든지 하면 좋겠다. 어느 한쪽은 반말하는데 상대방은 높이는 사이가 사라졌으면 한다. 그게 교사와 학생 사이든, 사장과 그 회사 경비원 사이든, 부부 사이든, 선후배 사이든, 대통령과 기자 사이든, 어른과 아이 사이든 서로 말높이가 같으면 좋겠다. 이게 내가 생각하는 말높이 맞추기다.

오늘 우리 반 국어 시간에 황진이 시조를 공부했다. "동짓 달 기나긴 밤을 한 허리를 베어 내어…" 하는 시조다.

"여기 '동지ㅅ달'이라 했는데, 동짓달이 무슨 뜻일까요?"

"친구 딸."

내 말 떨어지기가 무섭게 우진이가 대꾸했다.

나도 갸우뚱하고, 듣고 있던 우리 반 아이들도 어리둥절하고.

잠시 이게 무슨 뚱딴지람 하다가 바로 내 머리가 번쩍했다.

"우아! 우진이 언어 감각 짱이네. 그래 동지가 친구지."

내 말에 우리 반 아이들도 알아듣고 한 박자 늦게 웃었다.

2023. 8. 16.

동심 여행

한 번에 한 사람씩 다섯 아이 이야기를 듣고, 아이들과 함께 저녁을 먹기로 했다. 미리 나한테 하고 싶은 이야기를 마련해 두라고 일렀다. 내가 뭘 묻지 않을 거라고. 듣기만 할 거라고. 무슨 이야기든 썰을 풀어 보라고.

오늘 상담하겠다고 손든 사람은 지민이, 석현이, 아람이, 덕신이, 준성이까지 다섯이었는데 덕신이가 몸이 좋지 않아 빠지고 대신 형우가 하기로 했다.

공부 마치고 4시 40분부터 판을 열었다. 3층 우리 교실에서 가까운 진로활동실을 빌렸다. 아이들은 정말 하고 싶은 이야기가 쌓여 있었다.

준성이는 가정사를 이야기하고 싶다고 하면서 이야기를 꺼냈다. 대만에서 공부하는 형이 있는데, 이 형은 어머니는 같은데 아버지가 다르다는 이야기부터 꺼냈다. 말하기 쉽지 않은 사생활인데 조금 떨리는 목소리로 차분하게 이야기했다. 어머니가 평소엔 괜찮은데, 한번 터지면 감당이 안 된다고. 초등학교 때 그 불안감 때문에 호되게 우울증을 앓았다는 이야기. 그때 가면성 우울증 진단을 받았다고, 지금은 좀 덜 하지만 그래도 그 불안을 떨칠 수 없다고 했다. 믿는 종

교가 천주교이고 거기서 하는 봉사 단체에 들어가서 활동하는 이야기와 그러면서 힘든 일을 함께 활동하는 친구 도움으로 이겨 냈다고 환한 얼굴로 웃으며 이야기했다. 중학교 때 도서부 하면서 사서 일에 관심을 가지게 되었고, 문헌정보교육학과에 가고 싶다고, 꿈을 수줍게 말해 주었다. 다른 대학은 모두 문헌정보과인데 공주대학에만 문헌정보교육학과가 있는데, 꼭 거기 가고 싶다고. 말하기 힘든 이야기를 솔직하게 들려주어 고맙다고 하니, 자기 이야기를 들어 준 내가 고맙다고 절을 꼬박하고 돌아갔다.

지민이는 자기 진로 이야기를 30분 넘게 했다. 자기가 잘하는 게 춤이고, 그래서 중학교 때 내내 댄스 동아리에 들어 춤을 추었고, 동아리장도 했다고. 진학을 수도권 예술고로 가고 싶었는데, 서울 고모 집에서 다니기로 하고 학교도 알아보고 일이 착착 되어 가다가 막판에 부모님 반대로, 특히 아버지 반대로 꿈이 깨진 이야기를 풀었다. 지금도 아이돌이 되려는 꿈을 접진 않았지만, 부모님이 말리는 일이라 다른 방향을 생각하면서 공부하고 있다고.

석현이는 자기 과거 흑역사를 풀었다. 한 학년이 세 반뿐인 초등학교에서 4학년 들면서 갑자기 전교 찐따 됐다는 이야기. 그 충격이 지금도 자기를 괴롭힌다고. 그 때문에 상담 치료와 정신과 치료를 받았고, 조울증 진단을 받고 약을 먹었다고. 감정 오르내림이 잦아 견디기 어려웠던 이야기와 그 시절에 망상에 빠졌던 이야기도 스스럼없이 했다. 자기가 가벼운 교통사고로 병원에 있고, 그사이에 학교가 무너져 아이들이 모두 사라졌으면 좋겠다는 망상을 수없이 했다고. 그 악몽이 중학교까지 이어졌고, 고등학교 와서 학교를 그만두기로 마음먹었다가 최근 심경 변화가 일어난 계기를 한참 이야기했다. 중학교 시절 자기가 찐따가 되어 마음고생할 때, 같이 찐따가 되는 것을 마다하지 않고 손을 내밀어 준 친구를 잊을 수가 없다고 했다.

반장 아림이는 중학교 때 친구들 이야기를 꺼냈다. 함께 어울리던 친구들이 어느 날 두 패로 갈라졌는데, 자기는 양쪽을 걸치고 있으면서 힘들었던 이야기를 생생하게 들려주었다. 고등학교 와서 반장이 되었을 때 그 충격이 되살아날까 걱정이라고 했다. 우리 반장이 반 친구들과 소통력이 어찌나 좋은지, 나이 많은 내가 못 미치는 곳을 알뜰하게 채워 주어서 얼마나 든든하고 고마운지 모른다.

다섯 사람 예상 시간이 한 시간 남짓하면 될 줄 알았는데, 네 사람 이야기 듣고 나니 벌써 한 시간 삼십 분이 흘렀다. 시간 가는 줄 모르고 아이들 이야기를 들었다. 내가 이것저것 캐묻지 않고 가만히 들어 주길 참 잘했구나 싶다.

마지막 대타 형우는 다음에 하기로 하고, 사직동 돼지국밥집으로 자리를 옮겼다. 형우도 미처 할 이야기를 준비 못 했다며, 미안한 내 마음을 선뜻 받아 주었다. 내 차 뒷자리에 네 명을 앉혀서 형우까지 모두 여섯이 함께 탔다. 가는 내내 아이들 비명과 웃음이 터져 나왔다.

처음엔 돼지국밥만 먹을 생각이었으나 모두 기분이 좋아 순대도 한 접시 시켰다.

국밥 먹다가 조금 뜬금없이 준성이가 그랬다.

"난 어릴 때 우리 아버지 말고 다른 아이들에게도 모두 아버지가 있다는 게 정말 신기했어."

그러자 형우가 냉큼 그 말을 받아 맞장구쳐 주었다.

"맞아! 난 우리 아버지한테도 아버지가 있다는 게 정말 신기했거든."

형우는 여기 돼지국밥집이 아주 어릴 적부터 아버지랑 왔던 곳이라 했다. 뜬금없이 말한 게 아니었구나. 국밥 먹다가 어린 시절 아버지랑 국밥 먹던 장면이 떠오른 거구나.

나도 아이들 따라 잠시 동심 세계로 들어갔다 나온 기분이었다. 2023. 4. 7.

집단 상담

지지난주에 우리 교실에 들어가서 아이들에게 한 가지 안을 내놓았다.

오후 5시부터 6시 반까지 반 친구들과 이야기 나누면서 저녁 함께 먹을 건데 시간 되는 요일에 자기 이름 적으라고 교실에 표를 만들어 붙였다.

그랬는데, 월, 화, 수요일은 아무도 없고 목요일은 넷이고 금요일은 여덟 명이었다.

지난주 금요일로 날을 잡았더랬는데, 전날 성은이가 코로나 확정 판정을 받아 한 주 미루었다.

사직야구장 앞에 '마마츄'라는 파스타 전문집에 열한 사람이 들어갈 수 있는 방을 미리 잡아 두었다. 오늘 아침에 윤기와 현빈이가 시간이 된다고 따라붙어 나까지 열하나가 되었다. 여학생 다섯에 남학생 다섯, 남녀 비율도 반반이 되었다.

따로 마련된 방이 있어 우리끼리 떠들고 이야기하기 좋을 것 같아 내가 음식점을 잡고 아이들 동의를 얻었다. 저녁값은 학교에서 상담활동비로 내주는 돈을 쓰기로 하고.

공부 마치고 모두 걸어 내려갔다. 학교에서 사직야구장까지 빠르게 걸으면 20분이면 간다. 나란히 붙은 탁자 두 개에 여섯 명, 다섯 명으로 나눠 앉아 저마다 먹고 싶은 파스타를 시키는데, 애교 많은 예나가 나한테 청을 하나 했다.

"선생님, 우리 한 테이블에 하나씩 피자 두 판만 시키면 그러면 안 되겠죠?"

"왜 안 되겠니. 시켜 먹자."

"와!"

"선생님 최고."

내 말에 아이들 환호성이 동시에 터져 나왔다.

피자 두 판은 내가 따로 셈을 치르기로 마음먹었다.

"저기요, 주방장님한테 부탁 한번 드려 줄래요. 여기 학생들이 하루 종일 공부하고 배가 몹시 고픈데 파스타 양을 조금 넉넉하게 해 주실 수 없느냐고."

주문받는 직원에게 나도 예나처럼 상냥하게 말을 건넸다. 음식이 나올 동안 내가 마련해 간 감정카드 통을 내놓았다. 카드를 탁자 위에 쭈욱 펼쳤다.

"자아, 모두 카드 하나씩 골라잡아요. 그 카드에 적힌 느낌말을 보고 떠오르는 자기 이야기를 돌아가며 하면서 노는 거예요. 예를 들어, '고맙다'는 카드를 집으면 고등학교 와서 그동안 가장 고마웠던 이야기 하나를 풀어놓으면 되는 거야. 참 쉽지?"

모두 하나씩 카드를 골라잡았다.

"선생님, 저는 이거로 정말 할 이야기가 없는데, 다른 거로 바꾸면 안 돼요?"

성은이가 고른 카드는 '쓸쓸하다'였다.

"그럼 할 이야기가 마땅찮은 사람은 다시 뽑을 기회를 딱 한 번만 더 주기로 해요."

모두 하나씩 카드를 골라잡고 느낌말은 보여 주지 않은 채 저녁을 먹었다.

옆에 앉은 수민이는 내가 파스타를 서툴게 먹는 것을 보고는, 파스타 마는 법을 가르쳐 주었다.

"이렇게 포크로 뜨잖아요. 그런 다음 숟가락으로 받치고 말면 잘 말아져요."

수민이가 시킨 대로 하니 나도 파스타가 멋지게 말아졌다.

골고루 시켜서 서로서로 맛보면서 맛있게 먹었다. 파스타와 피자를 싹싹 비우고 나서 돌아가며 자기 이야기를 풀었다.

나경이는 '설레다'를 뽑았다.

"사직고 들어오자마자 우리 반에 귀여운 친구를 봤는데, 그때부터 호감이 생겨서 그 친구가 뭘 하든 설렜거든. 지금은 그냥 친구 감정이다."

나경이 말에 모두 배를 잡고 웃었다. 자기들도 옆에서 지켜본 일이고 이미 다 눈치챘다는 듯이 웃어 댔다.

한 사람 이야기가 끝나면 그 이야기에 맞장구치는 말이나 이야기한 친구에게 묻고 싶은 질문을 두세 사람 하고, 이야기를 마친 사람이 다음 사람에게 넘기기로 했다.

나경이는 석현이를 가리켰다.

"어, 학기 초에는 엄청 소심하고 답도 없던 성격이었는데 지금 저와 그때 저를 비교해 보면 정말 많이 바뀌어서 놀랐습니다."

석현이는 고등학교 들어오자마자 학교를 때려치우려고 했던 아픈 이야기를 풀었다.

민상이는 '우울하다' 카드를 뽑아 중간고사 수학 시험 15분 전에 코피 터져서 정신 나간 채로 훌쩍거리면서 시험 치고 결과도 좋지 못해서 슬펐다는 이야기를 풀었고, 예나는 '힘들다' 카드를 뽑아 중간고사 시험 기간에 남자 친구랑 크게 싸워 헤어져서 힘들었던 이야기를 풀었고, 성진이는 '편안하다'를 뽑아 중간고사 시험 칠 때 딱히 준비를 안 해서 오히려 편안하게 시험을 쳤다고 했고, 현빈이는 '귀찮다'를 뽑아 중학교 때와 달리 학교와 집이 멀어 아침에 일찍 일어나기가 귀찮다고 했고, 아림이는 '뿌듯하다'를 뽑아 고등학교 첫 시험에서 엄청 마음 졸였는데 시험 점수가 잘 나와서 뿌듯했다고 해 친구들 야유를 들었다.

성은이가 다시 뽑은 카드는 '섭섭하다'였다.

"저는 '섭섭하다' 카드를 뽑았습니다. 저는 선생님께서 제가 하는 말을 믿어 주지 않으셔서 섭섭했습니다."

성은이는 치마가 짧다. 3월에 며칠 달아 지각하기에 치마 걸릴까 봐 늦게 오는 거 아니냐고 다그쳤던 게 섭섭했던 거다.

마지막으로 윤기가 이야기했다.

"저는 '마음이 아프다' 카드를 뽑았는데, 2반 여학생이 우리 반에 찾아와서 초콜릿을 주었는데, 제가 그걸 받아서 바로 쓰레기통에 버렸어요. 버리는 걸 보고 걔가 울었는데 저도 마음이 아팠습니다."

윤기 이야기를 듣고 나도 마음이 아팠다. 모두 눈이 똥그래졌다.

"들어 보니 정말 마음 아팠겠다."

"왜 남이 베푼 정성을 쓰레기통에 버려야 했을까?"

"고맙지만 마음을 받을 수 없다고 말해 주지?"

이런 원망 섞인 물음에 윤기 답은 똑 부러졌다.

"그래야 단념할 것 같아서요."

정말 마음 아픈 이야기다.

한 사람이 하나씩 얘기했는데도 넉넉한 이야기 마당이 펼쳐졌다. 나도 끼어들어 내 이야기도 하나 할 생각이었으나 시간이 너무 흘러 다음 기회로 미루었다.

마무리 소감 발표는 민상이가 했다.

"선생님께서 이런 자리 만들어 줘서 정말 즐거웠고, 다음에도 이런 자리 있으면 함께할 수 있으면 좋겠어요."

그렇게 마무리하고 헤어졌는데 밤늦게 현빈이한테 문자가 왔다.

"선생님 오늘 상담 좋았어요. 자기가 뽑은 카드로 자기 이야기를 털어놓는 방식이 새롭고 재미있었어요. 선생님과 상담하면서 서로를 좀 더 자세히 알게 되고, 이런 좋은 추억이 생겼다는 점이 너무 기쁩니다. 다음번에 한 번 더 해 보고 싶은 마음도 들어서 여름방학 때 선생님과 친구들이랑 같이 1박 2일로 지리산에 꼭 가고 싶습니다. 저도 끼고 싶습니다."

여름방학 때 지리산 갈 계획을 얘기했을 때, 현빈이는 갈 마음이 없었는데 오늘 마음이 바뀐 모양이다. 2022. 5. 25.

신인류

아침에 조금 일찍 가서 교실에서 아이들을 기다렸다. 언제나 1번으로 오는 재인이는 벌써 와서 공부하고 있고, 현민이, 문정이, 준원이도 일찍 왔다. 기말고사 이틀째라 시시껄렁한 농담도 한마디 못 붙이고 가볍게 인사만 서로 나누었다. 말없이 칠판에 오늘 시험 과목을 적었다. 1교시 한국사, 2교시 자습, 3교시 수학이다.

빗자루를 들고 바닥을 쓸고, 교탁 위에 어질러 놓은 것도 치웠다. 보통 때 같으면, 내가 빗자루를 들면 한둘이 빗자루 들고 같이 쓸기도 하는데 오늘은 모두 표정 없이 곤두선 얼굴이다. 8시 20분쯤 되자 아이들 자리가 거의 다 찼다. 상민이도 왔다.

오상민. 누가 말을 붙이지 않으면 하루 종일 말이 없다. 내가 말을 걸어도 씨익 웃기만 할 뿐 자기 말을 좀체 내뱉지 않는다.

"오상민, 너 일본어 만점이라더라."

학년실 내 옆자리가 3반 담임인데 과목이 일본어다. 일본어는 중간고사 없이 기말고사 한 번만 본다. 첫날 첫 시험이 일본어였는데, 그 결과가 벌써 나왔다. 우리 반에 오상민이

100점이라고 내게 귀띔해 주었다. 전교에 만점이 네댓 명밖에 안 되는 모양인데 그 가운데 상민이도 끼어 있었다. 상민이는 게임에 빠져 공부와 담쌓은 지 오래되었다. 바깥세상은 무관심 그 자체고 오로지 게임 세계에서 게임 캐릭터들하고만 마음 주고받고 산다. 우리 반 아이들도 그걸 아는 터라 깊은 탄성을 질렀다. 조용하던 교실이 한순간 술렁거렸다.

"오상민, 100점 받은 비결이 뭐니? 너 혹시 게임으로 일본어 익혔니?"

나도 놀랍고 궁금해서 물었다.

상민이는 아니라고 고개를 흔들고 수줍게 웃을 뿐 대꾸가 없다.

"그럼 뭐니? 비결을 말해 봐."

내가 자꾸 다그치자 못 이기는 투로 한마디 내뱉는다.

"교과서만 공부했는데."

그러자 여기저기서 아이들 반응이 쏟아졌다.

"우아! 교과서만."

"상민이, 정말이야?"

"그 말은 수능 만점자 인터뷰하면 항상 하는 재수 없는 말인데."

여기서 끊어야겠다 싶어 아이들을 말렸다.

그런데 그 비결을 같은 신인류인 성한이는 알고 있었다. 옆에 사람도 못 알아들을 정도로 슬쩍 말했지만 나는 그 말을 놓치지 않았다. 상민이가 평소 일본 노래를 자주 듣는다고 했다. 일본 노래 들으면서 일본말을 익혔구나.

지난주에 버스 타고 학교 오다가 버스 안에서 우리 반 준영이를 만났다. 버스에서 내려 학교로 걸어오면서 이야기를 나누었다. 서로 말을 주고받는 것이 아니라 나는 묻고 준영이는 대꾸하는 마주말이었다. 준영이도 신인류족이다. 이야기 끝에 내가 이렇게 물었다.

"그럼 너는 방학 때 일주일이고 열흘이고 집에 박혀서 게임만 하고 지내도 조금도 갑갑하지 않니?"

"예. 그게 더 마음이 편해요."

"그래도 밖에 나가 친구도 만나고 같이 피시방도 가고 노래방도 가고 하면 그것도 재미잖아?"

"모여서 노는 게 부담스러워요."

이런 유형에 드는 아이들이 우리 반에만 대여섯 된다. 2학년 문과 어떤 반은 한 반 전체가 신인류인가 싶을 때가 있다. 교실에 들어가 조용히 시킬 수고를 하지 않아도 된다. 모두 아무 말 없이 가만히 앉아 있으니까. 옆에 짝지하고도 말을 안 한다. 공부 시간에 내가 어떤 물음을 던져도 대꾸가 없다. 하도 답답해서 반장한테 물었다.

"너희 반은 쉬는 시간에도 서로 말을 안 하니?"

"네."

반장은 참 떨떠름한 표정으로 힘없이 대꾸했다.

내가 '신인류'라고 이름 지은 아이들에게서 찾아낸 몇 가지 특징이 있다.

첫째, 이들은 평화주의자들이다. 다른 친구와 붙어 싸우거나 말다툼하거나 남에게 소리를 지르거나 화를 내거나 하는 일이 거의 없다. 남과 부딪히는 것을 아주 싫어한다. 남에게 별 도움을 주지도 않지만, 남에게 피해도 주지 않는다.

둘째, 남이 하는 일에 아랑곳하지 않는다. 아이들은 친구 일에 훈수 두기 좋아한다. 그런데 이들은 간섭은커녕 관심조차 없다. 친한 친구는 없지만 그렇다고 전혀 친구가 없는 것은 아니다. 학교에서 신인류끼리 이따금 만나 이야기 나누거나 '브론 스타즈' 같은 초딩 게임을 하며 시시덕거린다. 그렇지만 자기들끼리도 학교 밖에서 따로 만나 밥을 먹거나 노래방을 가는 일은 거의 없다.

셋째, 학교 공부에 별 뜻이 없고 점수와 등수에도 그다지 마음 쓰지 않는다. 세상이 아무리 경쟁 교육으로 몰아가도 경쟁과는 거리가 멀고, 남과 견주는 것도 견주어지는 것도 싫어한다. 그렇다고 학교에 와서 잠만 자거나 결석을 밥 먹듯이 하는 의욕 상실형 아이들과는 또 다르다. 자기 관심 분야엔 아주 열심이다. 상민이같이 일본어에 빠진다든지. 지환이는 드럼에, 태양이는 기타에 푹 빠져 학예제 때 무대에 올라 멋진 연주를 했다. 찬영이는 다른 과목은 아예 팽개치고 수학과 과학만 열심히 판다. 찬영이는 생명공학자가 되고 싶으니까. 우리 반 찬영이는 사람이 붐비는 급식실이 싫어 배고픈 걸 참고 점심을 굶기로 했다.

넷째, 자유로운 영혼을 지녔다. 좋은 직장을 얻어서 돈을 많이 벌겠다는 욕망도 없고, 내 인생 목표를 세워서 꾸려 나가는 일도 없다. 이 욕망을 갖는 순간부터 내 몸은 말할 것도 없고 마음마저 빼앗기고 만다는 사실을 직감으로 아는 것 같다. 그저 지금 내가 하고 싶은 일에 푹 빠져, 그 재미로 사는 듯하다.

다섯째, 해가 갈수록 이 새 종족은 걷잡을 수 없이 불어나는 것 같다. 그전에도 이런 아이들이 더러 있었지만, 요즘같이 많지는 않았다. 코로나를 겪으면서 부쩍 느는 것 같다. 신인류족이 이렇게 대거 나온 배경이 뭘까, 하고 아이들에게 물었더니 코로나19, 학원 뺑뺑이, 스마트폰을 들었다. 특히 아이마다 하나씩 나눠 준 태블릿피시가 문제라고 했다. 쉬는 시간이나 점심시간에 굳이 친구를 찾지 않아도 조금도 심심하지 않다는 것이다. 나는 경쟁 교육이 가장 큰 몫을 하지 않았을까 점쳐 본다. 그렇지만 경쟁 교육을 무너뜨릴 힘도 이 신인류족이 가지고 있지 않을까?

아무튼 나는 이 신인류를 문제로 보지 않기로 오래전부터 마음먹었다. 애써 바꾸어 보겠다는 마음이 없다. 그저 바라봐 주기로. 내 잣대로 저울질하지 않고 내 틀에 맞추어 판가름하지 않기로. 다만 아주 흥미로운 연구 대상이기는 하다.

2023. 6. 30.

2부

교실을 벗어나니 아이들이 새롭다.
문근이는 삼겹살 굽는 솜씨가 남다르고
반장 준섭이는 외발 손수레 끄는 기술이 좋고
베트콩 두언이는 설거지 잘하고
손잡고 들길 걷는 성준이와 종훈이 뒷모습은
사이좋은 연인같이 아름답다.

고자햄님

정철이 쓴 관동별곡을 공부하는데
기홍이가 시무룩하다.
"기홍이 너 오늘 무슨 일 있나?"
"샘 오늘 기홍이 억수로 공깄는데요."
"그랬나, 어느 선생님한테 야단맞았노?"
"날개 샘한테요."
"맞았나?"
"맞지는 안 했는데 언어폭력 당했는데요."
"무슨 말 들었는데?"
"니 물 나오나 이런 말도 듣고…."
"그래, 날개가 무슨 뜻인데?"
"날마다 개지랄한다."
"내 궁금한 게 있는데, 내 별명은 머꼬?"
"고자햄님."
기홍이도 같이 웃었다. 2000. 9. 26.

조자행 선생님

고3 교실, 수능 문제 풀이하다가
모처럼 자지 않고
생글생글 웃고 있는 김문주를 보고
칭찬 한번 해 주려고 이름 부른다는 게
성을 까먹고 조문주라 했다.
아이들이 너무한다고, 어째 그럴 수가 있냐고,
"문주야, 미안해."
화들짝 놀라서 곧바로 사과했더니
문주도 웃으면서 사과를 받아 주었다.
"괜찮아요. 조자행 선생님." 2017. 7.

'분배의 공정성' 자유 토론

대학 입시가 수능 위주에서 벗어나 수시 모집이 늘어나면서 무엇보다 고등학교 교실이 바뀌었다. 죽으나 사나 수능 문제 풀이만 하던 교실이 조금씩 바뀌었다. 글쓰기, 토론, 발표, 한 권 읽기, 영상 제작, 교실 연극 같은 학생 스스로 하는 활동으로 바뀐 것이다. 학생이 선생님이 되어 수업을 이끌어 보기도 하고, 역사 사건 한 장면을 짧은 연극으로 빚어내기도 한다. 잠자던 교실이 조금씩 깨어나고 있다.

나는 고3 교실에서도 자라온 이야기 쓰기나 시 쓰기를 한다. 그전에는 이런 활동을 할라치면 눈치가 보였지만, 이제는 그러면 수업 잘하는 교사로 추켜세운다. 왜 이렇게 바뀌었을까? 수능 문제 풀이만 해서는 교사가 학교생활기록부에써 줄 말이 없고, 아이들도 자기소개서에 쓸 이야기가 없다.

그리고 한 해 한 번은 꼭 '공정성'을 주제로 아이들과 토론한다. '분배의 공정성'으로 자유 토론한 것을 간추려서 내보이면 이렇다.

❶ 읽기 자료
먼저 마태복음 20장 8절~16절 '포도밭 이야기'를 두 번 읽

어 준다. 영상 자료로 보여 주는 것보다 듣기 공부도 곁들일 생각으로 읽어 준다.

천국은 마치 품꾼을 얻어 포도원에 들여보내려고
이른 아침에 나간 집주인과 같으니
그가 하루 한 데나리온씩 품꾼들과 약속하여
포도원에 들여보내고
또 제삼시에 나가 보니 장터에 놀고 서 있는 사람들이
또 있는지라
그들에게 이르되 너희도 포도원에 들어가라
내가 너희에게 상당하게 주리라 하니 그들이 가고
제육시와 제구시에 또 나가 그와 같이 하고
제십일시에도 나가 보니 서 있는 사람들이
또 있는지라 이르되
너희는 어찌하여 종일토록 놀고 여기 서 있느냐 이르되
우리를 품꾼으로 쓰는 이가 없음이니이다 이르되
너희도 포도원에 들어가라 하니라
저물매 포도원 주인이 청지기에게 이르되
품꾼들을 불러 나중 온 자로부터 시작하여
먼저 온 자까지 삯을 주라 하니
제십일시에 온 자들이 와서 한 데나리온씩을 받거늘

먼저 온 자들이 와서 더 받을 줄 알았더니

그들도 한 데나리온씩 받은지라

받은 후 집주인을 탓하여 이르되

나중 온 이 사람들은 한 시간밖에 일하지 아니하였거늘

그들을 종일 수고하여 더위를 견딘

우리와 같게 하였나이다

주인이 그 가운데 한 사람에게 대답하여 이르되

친구여 내가 네게 잘못한 것이 없노라

네가 나와 한 데나리온을 약속하지 아니하였느냐

네 것이나 가지고 가라 나중 온 이 사람에게

너와 같이 주는 것이 내 뜻이니라

내 것을 가지고 내 뜻대로 할 것이 아니냐

내가 선(공정)하므로 네가 악하게 보느냐

이와 같이 나중 된 자로서 먼저 되고

먼저 된 자로서 나중 되리라 아멘!

/ 마태복음 20장 8-16절 포도밭 일꾼 이야기

(읽기 쉽게 조금 손질했음)

❷ 토론 주제

그러고 나서 물음을 던진다.

"아침 일찍부터 나와서 뜨거운 햇볕 아래 땀 흘리며 일한 일꾼들은 포도원 주인에게 품삯이 공정하지 못하다고 따진다. 그렇지만 포도원 주인은 자신이 한 행동을 두고 '선하다'고 대답한다. 이 이야기에서 포도원 주인이 한 행동은 공정한 분배인가? 공정한 분배라면 왜 공정하다고 말할 수 있는가? 만약 공정하지 못한 분배라면 왜 공정하지 못한가?"

❸ 찬반 토론

아이들은 자연스레 찬반으로 갈라져서 열띤 토론을 펼친다. 공정하지 못하다는 쪽은 '새벽같이 일한 사람과 점심 무렵에 일한 사람에게 똑같이 품삯을 주면, 어느 누가 바보같이 새벽부터 일하려고 하겠는가? 그러면 모두 게을러져서 끝내는 망하게 된다.'는 효율성 논리로 나오고, 공정한 분배라는 쪽은 '그렇지 않다. 하루를 다 채우지 못했는데도 똑같은 품삯을 주면, 포도밭 주인이 고마워서라도 다음에는 더 일찍 나와서 더 열심히 일할 수도 있다. 포도밭 주인은 모두에게 약속을 지켰다. 뭐가 문제냐.'며 사람은 본성이 선하다는 논리로 맞선다.

팽팽하게 맞서다 보니 열을 내기도 하고, 했던 말을 거듭하기도 하지만 모두 '분배'와 '공정'을 놓고 깊이 생각해 보게 된다. 그러다가 전혀 생각지도 못한 엉뚱한 주장을 들고 나와 웃음이 터지기도 한다.

❹ 분배의 공정성

어지간히 서로 생각을 주고받았다 싶으면, 다음 물음을 던진다.

① 일한 시간만큼씩 나누는 것
② 일한 시간은 따지지 않고 일한 양에 따라 나누는 것
③ 시간과 양은 따지지 않고 똑같이 1/n로 나누는 것

이 셋 가운데 어떻게 나누는 것이 가장 공정한 방법일까?

여기서도 또 토론이 뜨겁게 펼쳐진다. 대체로 ②번이 앞서지만 ①번과 ③번이 되받아치는 것도 만만치 않다. '성과에 따라 나누면 능력 없는 사람은 굶어 죽으란 말인가? 장애인 같은 우리 사회 약자는 어떡할 거냐? 사회 시간에 배우지 않았느냐? 자본주의 단점 부익부 빈익빈!' 그러면 ②번은 이렇게 받아친다. '그래서 복지 정책이란 게 있지 않느냐?'

'사회 약자'에 '복지 정책'까지 나오다니 이렇게 고마울 수가!

기다려도 더 이상 이야기가 없으면 마지막 물음을 던진다.

❺ 마무리

"분배 방법에 이것 말고 또 다른 방법은 없을까?"

이번에는 어떤 반은 대답이 나오기도 하고, 어떤 반은 눈알만 말똥말똥하기도 한다. 대답이 나오면 좋고, 안 나오면 내가 말해 준다.

"필요한 만큼 나누는 방법도 있지 않을까? 집에서 피자 한 판을 놓고 나눌 때, 어떻게 나누는가? 밖에서 저녁 잘 먹고 들어온 아버지보다 저녁을 굶은 초등 동생이 더 많이 먹었다고 못마땅한 사람이 있는가?"

이 세상에 정답이 어디 있겠는가. 어제 옳았던 일이 오늘 그를 수 있고, 우리나라에서는 좋은 일이 이웃 일본에서는 좋지 않을 수도 있다. 이 방법이 반드시 공정하다고 매겨 놓은 것은 아닌 듯하다. 2018. 11.

무엇이 우리 말일까?

한글날이 다가오면 아이들에게 던지는 물음이 있다.

"세종 임금이 한글을 만들기 전에는 우리 말이 있었을까, 없었을까?"

"없었어요."

어쩌다가 있었다고 말하는 아이도 있으나, 대부분은 없었다고 대꾸한다.

"그러면, 그전에 우리는 무슨 말을 쓰면서 살았을까요?"

"한문!"

칠판에 크게 적었다.

㉠ sarang   ㉡ 사랑   ㉢ love   ㉣ 러브   ㉤ 애   ㉥ 愛

이렇게 써 놓고 다시 물어본다.

"이 가운데 우리 말을 찾아봐요."

㉡㉣㉤이라는 아이들도 있고, ㉡㉣이라는 아이들도 있고, ㉡이라는 아이도 있다. ㉠이 우리 말이라는 아이는 잘 없다. ㉠도 우리 말이라고 하면 아이들은 아니라고 우긴다.

sarang을 소리 내어 읽어 보라고 하면, 모두 "사랑" 하고 소리 낸다. 그제야 sarang이 우리 말이라고 하는 아이가 나온다. 아직도 그게 어째서 우리 말이 되는지 고개를 갸우뚱하는 아이가 많다.

㉠은 우리 말을 로마 글자로 적어 놓았고, ㉡은 똑같은 우리 말을 한글로 적어 놓았고, ㉣은 영국말을 한글로 적은 것이고 ㉤은 중국말을 한글로 적은 것이라고 하면 모두 고개를 끄덕인다.

다시 아이들에게 물어본다.

"세종 임금이 만든 것은 우리 말일까, 글일까, 글자일까?"

'글'이라는 아이도 있고 '글자'라는 아이도 있다.

"말은 뜻을 소리에 실어서 드러낸 것이고, 글은 말을 글자로 붙잡아 놓은 것이지요."

ㅇ 뜻 + 소리 ⇒ 말(입말)

ㅇ 뜻 + 글자 ⇒ 글(글말)

"그러니까 글자는 말소리를 붙잡는 기호인 셈입니다. 말을 '입말'이라 하고, 글을 '글말'이라고 하지요. 말이나 글이나 다 똑같은 말인데 입으로 말하고 귀로 듣는 말은 입말이고, 손으로 쓰고 눈으로 읽는 말은 글말입니다. 사람들은 참으로 오랫동안 입말로만 살아오다 글자를 만들어 쓰면서 비

로소 글말이 생겨났지요."

이렇게 이야기해 주고 나면 세종 임금이 만든 것이 '글'이 아니라 '글자' 스물여덟 자라고 똑똑히 안다.

"세종 임금이 한글을 만들기 전에는 정말 우리 말이 없었을까요?"

"아뇨. 우리 말은 있었어요."

"그러면 뭐가 없었을까요?"

"글자가 없었어요."

"우리 글자가 없으니까 당연히 뭐도 없었을까요?"

"우리 글도 없었어요."

"영국, 미국, 독일, 프랑스 이런 나라들도 모두 제 나라말을 적을 수 있는 글자가 없어 이웃 이탈리아 글자 '로마자'를 빌려 쓰는데, 우리는 세종 임금 덕분에 우리 글자 한글을 쓰고 있으니 참 고맙고 자랑스럽지요?"

"예."

"흔히 로마자를 영문자라 하는데 틀린 말입니다. 로마자 주인이 영국이 아니거든요. 로마자는 이탈리아가 주인이지요. 영국도 독일도 프랑스도 스위스도 스페인도 모두 이탈리아 글자 로마자를 들여와서 씁니다. 이 세상에 사는 사람들이 쓰는 말은 6~8천 가지나 되지만, 그 말을 적는 글자를 가진 나라는 몇 안 됩니다. 우리는 세종 임금 덕에 우리 글자를 가졌지요. 그것도 아주 빼어난 소리조각(음소) 글자를 가졌습니다."

말이 나왔으니, 이번에는 글자 이야기로 조금 더 이어 갔다.

"말은 하느님이 사람에게만 주신 선물이라 뜨레(등급)가 없지만, 사람이 만든 글자는 좋고 나쁨이 있어요. 마치 가방에 명품과 짝퉁이 있듯이. 중국 한자는 뜻글자라 글자 가운데서 가장 낮은 뜨레입니다. 뜻글자다 보니, 적게는 몇천 자에서, 많게는 몇만 자씩 익혀야 글을 쓸 수 있어요. 일본 히라가나는 소리덩이(음절) 글자로 뜻글자보다는 조금 나아졌지만 소리조각 글자에는 훨씬 못 미칩니다. 음절마다 글자가 하나씩 있어야 하니, 히라가나 50자와 가타카나 50자로는 턱없이 모자라 한자를 쓸 수밖에 없어요. 로마자와 우리 한글은 같은 소리조각 글자이긴 하나, 이 둘을 놓고 가리면 한글이 더 나아요. 한글이 더 나은 까닭은 손전화 글자판을 두들겨 본 사람이면 누구나 알지요."

세상 사람들이 잘 모르는 수수께끼가 하나 있다. 36년 동안이나 일본 식민지를 살았고, 육이오전쟁으로 쑥대밭이 되었던 나라가 어떻게 이렇게 빨리 우뚝 설 수 있었을까? 왜얼이(토착 왜구)들은 '식민지 근대화론'을 내세우기도 하고, 또 어떤 이는 '한강의 기적'이니 '새마을운동' 덕이라느니 하지만 모두 얼토당토않은 말이다. 일본 사람들도 그 비밀을 알고 싶어 안달이 났다고 들었다. 세상 사람들은 모르는 비밀을 나는 알고 있다. 바로 한글이다.

우리 겨레가 잃어버린 힘을 되찾고, 빼앗긴 나라를 되찾은 것도 그 바탕이 한글이었고, 오늘날 한류 열풍으로 겨레의 지혜를 온 세상에 드날리는 힘도 그 바탕은 한글이다. 한글 덕으로 핸드폰도 잘 만들고, 텔레비전이나 냉장고도 잘 만들고, 영화나 드라마도 잘 만들고, 반도체도 잘 만들어 세상에서 앞서가는 겨레가 되었다. 한글이 있었기에 우리 말꽃(문학)이 온 세상에 이름을 떨쳐 노벨상을 받았고, 한글로 말미암아 우리 삶꽃(문화)이 이름을 날리고, 한글 덕분에 우리 앎꽃(기술 문명)이 일본을 앞질러 나간 것이다. 지금도 제 나라 글자가 없는 겨레는 아이들이 학교교육을 받으려면, 모국어를 버리고 영어부터 배워야 한다. 교과서가 영어이고, 교사가 가르치고 학생이 배우는 말이 영어니 어쩔 수 없는 노릇이다. 그야말로 학문을 제 나라말로 못 하는 뼈아픈 일이 빚어지는 거다. 이렇게 해서 어느 천년에 노벨상을 받아 보겠나 싶다. 우리가 한글 없이 아직도 한자를 쓰고 있다고 생각하면 참으로 끔찍하다. 아마 중국이나 일본에 빨려 들어가 지금쯤 자취도 없는 겨레가 되었을 터이다.

우리나라를 식민지로 거느리기도 했고, 일찍이 서구 문명을 받아들여 한때 세계 경제 대국 반열에 올랐던 일본이 왜 우리에게 따라잡혔을까. 일본 사람들이 쓰는 히라가나 글자와 우리가 쓰는 한글은 뜨레부터가 다른 글자이다. 앞서 말했듯이, 일본 글자는 소리덩이 글자이고 우리 글자는 소리조각 글자이다. 히라가나는 50자를 가지고도 말을 적기에 턱없이 모자라지만, 한글은 24자만 해도 너끈하다. 핸드폰으로 치면 2G와 5G만큼이나 다르다고 해도 지나치지 않다. 그 비밀이 글자에 있다는 사실을 일본 사람들은 죽었다 깨어나도 모르지 싶다. 글자는 정보를 나누고 모으고 하는 도구이니까, 글자가 부리기에 손쉽고, 쓰임새가 빼어나면 놀라운 일을 해낸다. 일찍이 4대 문명이 일어났던 곳은 모두 글자가 있었고, 서양 문명이 앞서 나갔던 까닭도 빼어난 글자인 로마자 때문이었다. 한글 덕으로 우리 겨레가 온 누리에 힘을 떨치는 이 수수께끼를 두고, 나는 이름하여 '한글 근대화론'이라 말하고 싶다.

세종 임금이 한글을 만들었을 때, 웃대가리 양반들은 모조리 안 된다고 임금에게 대들었다. 먹고살기 바쁜 백성들이 감히 넘볼 수 없는 어려운 한자가 지네들 부른 배를 단단히 지켜 주었으니까. 그래도 세종이 한글을 누리에 내놓자, 모두 비웃으며 보란 듯이 한자 한문을 떠받들어 썼다. 조선은 한자 한문 때문에 나라가 무너졌다. 다른 세력에게 정권을 넘긴 게 아니라 아예 일본에 나라를 갖다 바쳤다. 헐버트 선교사가 우리나라에 와서 조선 후기에 한문을 아는 사람이 얼마나 되는지 캐 보았더니 국민 가운데 2%였다고 한다. 생각해 보라. 세상 절반인 여자들 지혜는 거들떠보지도 않고, 남자들 가운데 백에 두 사람 지혜로 꾸린 나라가 안 망하고 어떻게 버티겠는가? 그 한자 몰아내고 한글 쓰는 데 500년 걸렸다. 참으로 뼈아프고 눈물겨운 이야기다. 2024. 10. 7.

우진이 넉살

인성교육부 선생님 한 분이 나한테 이렇게 일러바쳤다.

"선생님 반에 우진이 있지요?"

"네, 있어요. 이우진."

"걔가 뭐랬는지 아세요?"

"그 녀석이 또 뭐라고 선생님 속을 뒤비던가요?"

말투로 보아 크게 화난 것 같지는 않았다.

"2학년 힝아들 담배 피다 걸려서 봉사 활동하고 있으니까, 너도 조심하라고 했더니, 글쎄 한다는 말이, 힝아들은 아마추어라서 걸렸지만 지는 프로라서 괜찮다고 걱정 말라 하잖아요."

문제 삼으면 건방진 말이고, 받아넘겨 주기로 마음먹으면 한번 웃고 넘어갈 말이다.

나도 웃고 그 선생님도 웃고 옆에서 듣던 다른 선생님들도 웃고, 그렇게 한바탕 웃어넘겼다.

기말고사 끝나고 주말에 우진이는 친구들이랑 어울려 물놀이 공원에 놀러 갔던 모양이다. 물놀이 간 줄 몰랐는데, 아침에 우진이한테 문자가 와서 알았다. 함께 갔던 친구 하나가 코로나에 걸렸단다. 우진이도 밤새 몸살 기운이 있어 힘들었다고 하기에, 학교 오지 말고 집에서 쉬라고 했다. 유증상자로 인정결석이고, 집에서 쉬어도 결석 아니니, 걱정 말고 병원 가서 검사받아 보라고.

그랬는데 우리 반에 가서 아침모임 하고 있는데 우진이가 뒤늦게 나타났다.

"너 왜 학교 왔니?"

"학교 오고 싶어서요."

나는 철딱서니 없다고 나무라는 투로 물었는데, 우진이 대꾸는 너무도 느긋하다.

"아니 학교 오고 싶다고 오면 안 되지?"

"집에서 검사해 봤는데 한 줄이던데요."

속에서는 열불이 났지만 꾹 참고 타일렀다.

"그게 증상이 있는데도 검사에는 안 나오기도 해요. 검사 사흘 만에 두 줄 뜬 사람도 있고, 집에서 잴 땐 한 줄이었는데 병원 가서 두 줄 받은 사람도 많아요. 지금 조퇴증 써 줄 테니 집에 가요. 집에 있다가 병원 문 열면 병원 가서 꼭 검사받고."

그랬는데 그냥 학교 있으면 안 되냐고, 그러면서 내 가까이 다가온다.

"나까지 옮을라. 가까이 오지 말고, 말도 하지 말고, 교실

밖에서 기다려라."

그렇게 겨우 타이르고 윽박질러 돌려보냈다.

그랬는데 마지막 시간 우리 반에서 기말 성적 챙기고 있는데 우진이가 가방 메고 또 나타났다.

"너, 왜 또 왔니?"

"병원 가서 검사받았는데 음성이라 하던데요."

그러면서 병원 검사 확인서를 내밀었다.

"그래도 기침도 하고, 목도 아프고, 몸살 끼도 있다면서. 그러면 음성이라도 다른 사람 생각해서 집에 있어야지."

"내일 방학인데 학교 오고 싶었어요. 친구들 못 보고 방학할 수도 있을 것 같아서요."

"안 된다. 니가 아무리 학교 오고 싶어도 코로나 학교 방역 규정에 유증상자는 학교 못 오게 되어 있다. 당장 돌아가요."

학교 방역 규정에는 병원 음성 판정이면 학교에 와도 된다고 되어 있지만, 기침 콜록콜록하는 애를 자리에 앉힐 수는 없는 일이다.

참 엉뚱한 녀석 다 보겠다. 같은 애를 하루에 조퇴증 두 번 써 주기는 선생하고 처음이다. 보통 학교 오기 싫어서 인정결로 집에서 하루 쉬라고 하면 속으로 얼씨구나 하고, 남보다 일찍 교문을 나서면 속이 다 후련할 텐데. 2022. 7. 14.

콘돔 사건

1

1학기가 다 끝나 갈 7월 어느 날, 5교시 마치고 청소 시간.

청소 시간이 되면 나도 3층 우리 교실로 올라가서 아이들과 같이 한다. 책걸상을 옮기기도 하고, 비질이나 밀대걸레질을 하기도 하고, 걸레를 빨아서 창틀이나 교실 구석에 먼지를 닦기도 한다.

그런데 이날은 빗자루 들고 교실 바닥을 쓰는데, 콘돔 하나가 내 눈에 들어왔다. 잠시 망설였다. 이걸 짚고 넘어가야 하나, 못 본 체하고 지나가나.

콘돔을 주워 들고는 잔뜩 목소리에 힘을 넣었다.

"모두 동작 그만."

아이들 눈길이 내 손끝으로 쏠렸다.

"이거 어느 녀석 거야?"

"샘, 거기 진석이 자리 밑인데요?"

"진석이 니 꺼가?"

"아니 선생님, 저를 어떻게 보십니까?"

"그럼, 누구 꺼고?"

"선생님."

운동장 쪽 창가에 석빈이다.

"석빈이 니 꺼가?"

"아뇨."

"그럼, 왜 부르노?"

석빈이가 지갑을 열더니 지갑에서 콘돔 하나를 꺼내 들고 이렇게 외쳤다.

"샘! 저는 늘 지갑에 이렇게 콘돔을 넣고 다닙니다."

우리 반 아이들이 엉뚱한 짓을 잘하긴 하지만 정말 뜻밖이다. 콘돔을 지갑에 넣고 다닌다니. 아이들도 전혀 상상 못했다는 반응이다.

"니가 그걸 뭐 할라꼬 갖고 다니노?"

그러자 석빈이가 아주 차분하게 이렇게 말했다.

"선생님! 저는 어쩌다 올지도 모를 그날을 위해 늘 준비하고 다닙니다."

2

2학기가 다 끝나 갈 12월 어느 날이다.

우리 반에서 문학 수업을 한창 하고 있는데 창희 책상 위에 두툼한 지갑이 눈에 띈다.

나는 공부 시간에 한자리 가만 서서 가르치지 못한다. 이쪽저쪽 왔다 갔다 하면서 떠들어 대는 버릇이 있다. 아이들이 앉아 있는 골목으로도 들어갔다 나왔다 하면서.

그렇게 아이들 사이를 들어가다 창희 책상 위에 지갑을 보았다. 눈에 띄지 않았으면 그냥 지나쳤을 텐데 남달리 지갑이 두툼해서 집어 들었다.

"뭐가 들었길래 지갑이 이래 불룩하노?"

"선생님, 사생활입니다."

"그래도 함 보자. 뭐가 들었는지."

"아! 선생님, 안 되는데요."

"니도 누구처럼 콘돔 넣고 다니나?"

그러자 건넌 자리에 앉은 석빈이가 끼어든다.

"아아! 선생님 인자 저는 그런 거 안 갖고 다닙니다. 보십시오."

그러면서 지갑을 나한테 내민다.

"아니 그럼, 벌써 써먹었나 보구나?"

"아아! 선생님, 아닌데요. 써먹다뇨. 저를 어떻게 보십니까?"

"그러면 그렇게 떠받들어 모시고 다니던 콘돔은 어쨌노?"

"버렸지요."

"아닌 것 같은데?"

"아아아, 선생님."

옆에서 아이들도 한마디씩 거든다.

"선생님, 석빈이 1학년 여학생이랑 사귄 지 오래됐는데요."

"2학기 시작할 때부터 사겼는데요."

"아침에 학교 올 때 기다렸다 같이 오는데요. 집에 갈 때도 따로 만나고."

"아니, 석빈이 너?"

"선생님, 아닌데요. 정말 아닙니다."

그렇게 또 한바탕 웃고 넘어갔다.

3

그렇게 지내던 아이들이랑 헤어지고 나는 학교를 경남여고로 옮겼다. 겨울방학 때 문집을 만들려고 했는데, 교지 만든다고 문집은 손도 못 대고 던져두었다.

봄방학 때 겨우 매듭지어 인쇄소에 넘겼더니 3월 2일이되어서야 문집이 나왔다.

문집을 차에 싣고 전에 학교로 가서, 아는 선생님한테 말해서 좀 나눠 주라고 하고 왔다. 비록 떠난 지 며칠 되지 않았지만 손이 어려웠다. 아이들도 이제 3학년이고, 3월 학기초라 쥐 죽은 듯이 공부하는 반에 불쑥 들어가서 문집 나누어 준다고 소동을 벌일 수는 없었다.

그렇게 맡기고 돌아온 다음 날 아이들에게서 문자가 왔다.

"선생님 문집 진짜 재미있어요."

"선생님 반 학급 일기 재밌어요."

"샘 전 이과 반인데 문과 애들한테 문집 빌려서 읽고 있는데 진짜 재밌네요."

지난해 문과 반만 가르쳐서 문과 애들 글만 문집에 실렸다. 짐작이 간다. 문집 때문에 온 학교가 시끄럽겠구나. 누구한테인지는 몰라도 미안은 마음이 든다.

그런데 석빈이한테서 문자가 왔다.

"선생님! 전 이제 살아갈 의욕을 완전히 상실했습니다."

아니, 이게 무슨 말인가. 이 녀석이 왜 살 의욕을 잃었단 말인가. 문집에 실은 자기 글 때문인가. '개구라장이 우리 누나'란 석빈이 글이 문집에 실렸다. 누나가 생일 선물로 금반지 사 준다고 했다가 안 사 주고, 3만 원짜리 안경 쿠폰 준다고 했다가 안 주고 해서, 누나한테 대들고 욕한 이야기다. 그 때문에 풀이 죽은 건가 싶어서 답 문자를 썼다.

"석빈아, 너무 걱정하지 마라. 시간이 지나면 아무것도 아니다. 힘내라."

그러자 답이 왔다. 이번에도 역시 풀 죽은 목소리가 그대로 느껴진다.

"선생님 괜찮습니다. 이대로 살면 됩니다."

집에 와서 다시 문집을 뒤적이다가 문집 맨 뒤에 편집 후기를 보고 가슴이 뜨끔했다.

'아차, 이것이구나. 이것 때문에 석빈이가 항의 문자를 한 것이구나.'

후기에 이런 이야기를 써 놓았다.

"돌아보니 너희들하고 지내면서 참 웃을 일이 많았다. 이 글을 쓰면서도 웃음이 나와. 우리 반 콘돔 사건이 떠올랐거든."

이렇게 말문을 열고는, 석빈이 콘돔 이야기를 이름을 밝혀 가며 빠짐없이 촘촘하게 써 놓았다.

누워서 생각하니 잠이 오지 않는다. 내가 아이들 인권을 지켜 주자고 입으로 외치던 말이 모두 가짜였구나. 어떻게 아이를 헤아리지 않고 내 좋을 대로만 생각하고 썼을까. 석빈이가 얼마나 낯부끄러웠을까.

이 일을 어떻게 하면 좋을까. 내일 학교 마치고, 밤 자율 학습 시간에 개성고로 찾아가서 석빈이에게 잘못을 빌고, 문집을 모두 거두어서 갖다 버릴까. 아무래도 그래야 되겠구나. 아! 석빈이에게 너무나 큰 상처를 주었구나.

다음 날 아침 학교로 가면서 석빈이에게 전화를 걸었다.

"석빈아, 정말 미안하다."

"괜찮습니다."

"석빈아, 내가 몰랐다. 편집 후기에 써 놓은 콘돔 이야기 때문에 머리가 얼얼하제?"

"선생님, 저는 이제 우짭니꺼? 변태라고 전교에 소문 다 났는데요."

"그렇제. 정말 미안하다."

"괜찮습니다. 이대로 변태로 살면 됩니다."

"석빈아, 내가 오늘 수업 마치고 야자 시간에 가서 문집 다 거두어서 불태워 버릴게. 그렇게라도 하자."

"그라면 뭐합니꺼. 아이들이 벌써 다 읽고, 전교에 소문이 다 났는데요."

"아! 그렇구나. 어짜지. 정말 미안하다. 내가 생각 없이 글을 썼다."

"선생님, 괜찮습니다. 걱정하지 마십시오."

그러면서 오히려 나를 다독여 주려는 석빈이가 참 고마웠다.

4

5월 2일에 영환이한테서 문자가 왔다.

"쌤님 ㅋㅋ 스승의 날에 찾아뵙겠습니다. 사랑합니다.♡ ♡♡ㅋㅋ"

그랬는데 15일은 쉬기로 했다고 하루 전에 찾아왔다. 나는 3학년 9반에서 가르치고 있었다. 수업 들어오기 전에 전화가 왔기에 수업이 있으니까 교무실에서 기다리라고 그랬다.

수업 마치기 10분 전쯤에 누가 교실 앞문을 똑똑 두드린다.

"예, 들어오세요."

이 녀석들이 교무실에서 기다리지 않고 내가 공부하는 5층 교실로 찾아 올라온 것이다.

대뜸 들어서더니 반장이던 진석이가 교탁에 케이크를 올려놓고 초에 불을 붙인다. 나머지 일곱 명은 칠판 앞에 쭈욱 늘어선다. 그러다가 영근이가 빈자리 하나를 보고 터벅터벅 걸어가더니 그 빈자리, 여학생 옆자리에 턱 앉는다. 그러더니 여학생들한테 말을 건넨다.

"저기요. 노래 좀 같이 불러 주시지요."

그러자 여학생들이 까르르 웃으면서 '스승의 은혜'를 함께 불렀다.

노래가 끝나고 내가 촛불을 끄자 이번에는 하나씩 팔을 벌리고 나를 껴안는다. 진석이, 석빈이, 준호, 영환이, 영근이, 백산이, 정훈이, 용준이 차례로 꼬옥 안았다.

공부하던 여학생들이 모두 손뼉을 쳐 주었다.

먼저 교무실로 내려가 있으라 하고 나는 잠시 종 칠 때까지 기다렸다가 나왔다.

아이들을 데리고 저녁을 먹으러 나가다가 운동장에서 교장 선생님을 만났다.

"교장 선생님, 안녕히 계세요."

"그래, 잘 가거라."

벌써 인사를 나눈 눈치다. 아까 나를 기다리면서 교장 선생님을 만났단다. 이번에는 교장 선생님한테 팔을 벌리고 가더니 꼬옥 안아 드린다. 영근이가 먼저 나서자 다른 녀석들도 차례로 교장 선생님과 작별 포옹을 한다. 노처녀 교장 선생님이 그걸 다 받아 주신다.

네 명은 내 차에 태우고, 네 명은 택시 타고 오라고 하고 부산역 앞에 있는 중국집 '사해방'으로 갔다. 큰 원형 탁자에 둘러앉았다. 전에 부산글쓰기모임 해넘이 잔치 때 앉았던 자리다.

앉자마자 이야기보따리가 터진다.

〈내일은 또 어쩌지〉 문집 때문에 정수가 민지랑 사귀게 됐다는 게 가장 큰 뉴스였다. 정수가 초등 2학년 때 엄마랑 헤어져 아버지랑 살아왔는데, 일곱 살 때 엄마 아빠가 갈라서고 아버지랑 살아온 지혜 이야기를 읽고서 지혜한테 가서 그랬단다. "지혜야, 술 한잔하자." 그렇게 해서 둘이 만나게 되었고 지금은 사랑에 불이 붙었단다.

민성이가 야자 시간에 컴퓨터실에서 야동 보다가 선생님한테 걸려 뒈지게 맞은 일 하며, 결석 대장 욱제는 결석 안 하고 부지런히 학교 잘 다닌다는 이야기, 권율이랑 1반 반장

하던 미래랑 사귀게 되었다는 이야기, 지환이는 여전히 지각 대장이라는 이야기, 휘영이는 이제 담임도 내팽개칠 만큼 개판 치고 있다는 이야기. 영환이가 담임선생한테 따귀 맞은 이야기를 할 때는 꼭 어디서 맞고 와서 아버지한테 일러바치는 것 같았다.

그렇게 두 시간쯤 밥 먹고 이야기를 나누다가 헤어질 시간이 왔다. 모두 다시 학교로 가서 야자를 해야 하거나, 체육관으로 가서 운동을 해야 하는 아이들이다. 고3이라는 처지가 그랬다.

다시 한 사람씩 껴안으면서 헤어지는데 석빈이가 나를 안고 귀에 대고 속삭인다.

"선생님, 이거 제가 드리는 선물입니더."

그러면서 양복 윗도리 주머니에 무엇을 슬쩍 넣어 준다.

"뭐고?"

"비밀인데요."

그러자 아이들이 눈치채고 콘돔이라고 말해 주었다.

우린 또 한바탕 웃었다. 2007. 5. 18.

특별 상담

"선생님, 제가 왜 여기에 끼이야 되는지 이해가 안 갑니다."

"영민이는 감 따러 가는 거에 불만이 많은 모양이구나."

"예, 제가 결석을 했습니까, 지각을 했습니까?"

"그래. 니는 결석도 안 하고, 지각도 안 하지."

"그런데 왜 제가 이 집단에 들어갑니까?"

"내 차로 갈 건데 내 차에 탈 수 있는 사람이 다섯 사람 정도밖에 안 되잖아. 그래서 할 수 없이 개성이 튀는 차례로 뽑은 건데, 그래 영민이는 안 가고 싶나? 가기 싫으면 안 가도 된다. 가고 싶은 애들은 많으니까."

"가기는 갈 건데요. 그래도 이해는 안 되는데요."

"다른 애들은 지각 많이 하고, 결석 자주 하는 애들인데, 잘 생각해 봐라. 니는 왜 뽑혔는지."

"모르겠는데요."

"니는 평소 말과 행동이 감당이 안 되잖아. 그래서 뽑힌 건데."

"아니, 선생님. 그거하고 그거하고 같아요?"

"그래 다르지. 다르지만 나는 니하고도 특별 상담을 하고 싶은데."

"예, 가겠습니다."

일요일 하루 밀양 우리 감나무밭에 데리고 가서 그냥 놀다 오고 싶었다. 말이야 애들한테 '특별 상담'한다고 그럴싸하게 둘러댔지만 그냥 하루 몸으로 만나 놀다 오는 거지 따로 이야기할 생각은 없었다. 그래도 아무나 데려가겠다는 것은 아니었고, '요 녀석들을 데리고 가야지' 하고 생각해 둔 아이들은 있었다. 다들 가고 싶어 할 것 같아서 특별 상담이라고 이름을 붙였다.

교실에 가서 다섯 녀석 이름을 불러 주고, 이번 일요일에 밀양 우리 집에 가서 감도 따고 특별 상담할 테니까 집에 미리 말해 두라고 했다. 다른 애들은 모두 벌치고는 괜찮은 벌이라 생각하는지 받아들이는데, 영민이만 입이 툭 튀어 나왔다.

중학교 때 아버지한테 호된 손찌검을 당한 뒤로 세상에 마음을 닫아 버린 성찬이. 자살한다고 유서 써 놓고 지하철에 뛰어들러 갔다가, 뛰어내리려는 찰나 옆에 아주머니가 안고 있던 고양이가 지하철로 뛰어들어 받혀 죽는 것을 보고 돌아섰다고 한다. 성찬이는 학교에 와서 아이들을 보고 있는 것조차 못 견디겠단다. 거식증까지 있어 하루 한 끼도 제대로 못 먹는다. 어떤 날은 물만 먹어도 올린다고 그랬다. 밥을 못 먹어 내니 몸이 버티지를 못하고 면역도 약해져

서 걸핏하면 아프다. 그러니 아침에 힘이 없어 일어나지 못
한다. 가만히 누운 채로 자기 생각에만 빠져 있는 게 그나마
마음이 덜 무겁다고 한다.

민제. 2학년 올라오자마자 학교 안 다니겠다고 한바탕 법
석을 떨었다. 1학년 때 실업계로 전학 가겠다는 걸 부모가
딴죽을 걸어 깨진 뒤로 부모를 믿지 않는다. 민제 어머니랑
셋이 앉아서 이야기하고 어머니가 돌아가자 민제가 그랬다.

"선생님 앞에서 하는 말 다 거짓말인데요. 그 인간 이중
인간인데요. 정말 가증스러워요."

민제는 4월과 5월 두 달을 학교에 나오지 않았다. 그 뒤로
도 지각과 결석을 밥 먹듯이 했다. 그러던 민제가 2학기 들
어 지각도 안 하고 학교를 꼬박꼬박 나온다. 웃으면서 이제
부터 학교 잘 다닐 거라고 그랬다. 나는 한 일이 없다. 그저
오랫동안 기다려 준 것밖에 없다. 옆에 선생님들이 뭐라고
하건 믿고 기다렸다.

상훈이. 지각 대장에다 보충수업 빼먹고 달아나는 것이
특기다. 지난 학기에는 사귀던 여학생이랑 헤어져 한동안
얼빠진 놈처럼 정신을 못 차리기도 했다. 보충수업 빼먹고
도망쳐도 다음 날이면 해죽이 웃고 나타나 능청스럽게 너스
레를 떨며 먼저 인사를 걸어온다. 가끔 나한테 안부 문자를
보내기도 한다. 도망치는 이유를 물어보니, 같이 노는 친구

들이 모두 실업계에 다닌단다. 그러니 정규 수업만 마치면 좀이 쑤시는 모양이다. 친구들은 지금쯤 모여서 피시방에서 게임을 즐기거나 오토바이 타고 신나게 달리고 있을 텐데 생각하면, 교실에 앉았어도 마음은 벌써 콩밭이다.

재영이. 가끔 사나흘씩 무단결석을 한다. 위로 누나가 넷 인데 큰누나는 시집갔고, 작은누나 둘은 큰누나 집에서 생활하고, 바로 위에 누나도 회사 기숙사에서 지낸다. 집에는 아버지, 어머니랑 셋이 산다. 아버지는 택시를 몰고 어머니가 일찍 일 나가면서 깨워 놓지만, 어머니가 나가고 나면 또 누워 자다가 학교에 늦기 일쑤다. 자다가 깨서 늦게라도 오면 다행인데 아예 학교를 안 오기도 한다. 밤늦게까지 아르바이트를 한다고 잠이 모자란단다. 아르바이트를 그만두라고 몇 번이나 다그쳐 보고 재영이 어머니한테도 말해 보았지만 어머니도 못 이기는 눈치였다.

영민이. 알다가도 모를 아이다. 처음 만났을 때에 견주면 많이 나아졌다. 처음에는 행동조차 스스로 다스리지 못해 공부 시간에 제 마음대로 돌아다녔다. 그 점은 조금 나아졌지만 여전히 말은 참지 못한다. 선생님 말이나 친구들 말에 그냥 넘어가지 않는다. 꼭꼭 한마디씩 토를 달고 달겨든다. 씩씩거리면서 친구들한테 말대꾸할 때는 꼭 싸우는 것 같다. 욕도 곧잘 한다. 말에 절반이 욕이다. 바탕이 나쁜 아이는 아닌데 쉽게 고쳐지질 않는다.

더 데려가고 싶은 아이도 있지만 다음 기회로 미루고 먼저 이 다섯 녀석부터 태워 가기로 했다. 일요일 아침 9시까지 학교 체육관 앞으로 모이라고 했다. 아침에 차를 몰고 학교로 가는데 재영이한테 문자가 왔다. 아르바이트하는 식당 사장이 주말인 데다 당일 말했다고 안 된다고 해서 못 가겠단다. 내가 나흘 전에 알렸고, 어제까지도 가겠다던 녀석이다.

학교에 가니 9시 10분 전이다. 학교에는 무슨 행사 한다고 운동장을 빌려주어 차 댈 곳 없이 붐빈다. 한쪽에 차를 대놓고 둘러보니 저쪽에서 성찬이와 상훈이가 반갑게 인사한다. 성찬이는 한복 바지를 입었고 상훈이는 반팔 티에 예쁜 모자를 썼다. 민제한테 전화하니까 안 받더라고 한다. 나도 전화해 보니 안 받는다. 영민이는 손전화가 없다. 차에 타고 조금 기다리니 영민이가 나타났다. 나는 반가워서 기다리는데 영민이는 나를 보지도 않고 차 뒷문을 열고 앉는다.

"영민아, 왜 인사를 안 하고 그냥 타노?"

"타고 나서 하려고 했는데요."

"인사부터 해야 되겠나, 차부터 타야 되겠나?"

"아, 샘! 아침부터 왜 또 시비 겁니까?"

"야, 이게 시비가?"

"시비지요."

"나는 반가워서 얼굴 보고 싶은데 니는 말없이 뒷자리 앉으니까 하는 말이지."

"근데 샘, 제가 왜 이 집단에 끼이야 합니까? 저는 아직도 이해가 안 됩니다. 성찬이하고 민제는 결석을 많이 했고, 재영이하고 상훈이는 지각 대장이고, 저는 왜 문제아 취급합니까? 제가 왜 문제안데요?"

"애들도 문제아는 아닌데. 나는 문제아란 말 한 적 없는데."

"그래도 문제 있는 애들 데리고 가는 거 아닙니까?"

"아! 그 자식 졸라 말 많네. 민제한테 전화나 해 봐라."

"우아! 샘, 진짜 어이상실이다. 샘이 돼 가지고 어째 제자한테 욕을 하세요?"

민제는 끝내 전화를 받지 않았다. 밀양은 상훈이, 성찬이, 영민이, 나 이렇게 넷이서 갔다. 성찬이는 얌전하게 내 옆자리에 앉았고, 상훈이와 영민이는 뒷자리에 앉아서 서로 자기가 멋있고 잘생겼다고 우기면서 갈 때까지 티격태격한다. 둘이 다투는 모습이 보기 싫지는 않다.

상동역에서 잠시 차를 세워 두고 늘 가는 고깃집에 들러 삼겹살을 샀다. 여수동으로 들어서니 발갛게 익은 감으로 동네가 온통 감 천지다. 아이들 입에서 감탄이 절로 나온다. 오기를 참 잘했구나 싶다.

어머니 계신 집에 닿으니 형님이 조카를 데리고 먼저 와 있었다. 조카가 친구도 한 명 데리고 왔다. 아이들을 어머니께 인사시켰다.

"우리 반에서 제일로 말 잘 듣는 귀여운 녀석들을 데리고 왔습니다."

"안녕하세요?"

"오냐, 우리 손자도 같이 데리고 오지 그랬나."

바로 감나무밭으로 갔다. 조카와 조카 친구가 벌써 한 무더기 따 놓았다. 붙임성이 좋은 조카라 만나자마자 이 녀석들한테 농을 건다.

"너거 반에서 제일 농땡이들이제? 맞제?"

"아닌데요."

"뭐 머리 보니 딱 알겠네."

"우리 학교 아이들 머리 다 이렇게 긴데요."

"우아! 부산상고 학교 좋네."

"부산상고 아니고 개성곤데요."

"맞다. 학교 이름 바꿨제."

영민이와 상훈이는 앞치마를 두르고 사다리를 타고 올라가서 따고, 나는 나무를 타고 올라가서 손에 닿는 감을 따서 바구니에 담아 줄을 잡고 내려 주면 밑에서 성찬이가 받았다. 사람이 여럿이니 금방이다. 어림해 보니 열다섯 상자는 넘게 따야 나누어 가져갈 것 같다.

부지런히 땄다. 애들도 생전 처음 해 보는 일이라 신이 났다. 상훈이와 영민이는 서로 자기가 딴 감이 크고 이쁘다고 또 다툰다. 아이들은 저러면서 자라는가 싶다.

딴 감을 한곳에 모아 놓으니 제법 수북하다. 조카와 조카 친구는 가위로 감꼭지를 자르고, 나는 감을 상자에 넣었다. 내가 먼저 시범을 보이고 아이들한테도 넣어 보라고 했다. 나중에 한 상자씩 줄 거라고 했더니 아주 정성껏 담는다. 그렇게 정성껏 담아서는 그 상자에다 자기 이름을 써 놓는다. 내 보기에는 그 감이 그 감인데 자기가 정성껏 담은 상자에 더 마음이 가는 모양이다. 지난주에 이상석 선생님도 저렇게 정성껏 담아서는 그 상자에다 감이파리를 붙여 두었던 생각이 나서 혼자 웃었다. 모두 열일곱 상자다.

일이 끝날 때쯤 해서 빗방울이 들었다. 마침맞게 일이 끝났다. 어머니가 점심을 해 놓았다. 우리가 감 상자를 옮겨 실을 동안 성찬이는 어머니 일을 도왔다. 텃밭에서 상추와 쑥갓을 뜯어다 씻고, 상 차리는 것도 도왔다.

삼겹살을 돌판에 구워 먹을 참이었는데, 비가 오는 바람에 부엌에서 프라이팬에 구웠다. 삼겹살 3만 원어치가 좀 많다 싶었는데 한 점도 남기지 않고 다 먹어 치웠다. 상추쌈에다 참기름 찍은 삼겹살을 얹고, 거기다 어머니가 만든 쌈장을 발라서 먹으니 모두 끝이 없다. 그러고도 밥은 두 그릇 씩이다.

거식증이 걸려 학교에서 늘 점심을 거르던 성찬이도 오늘은 밥 한 그릇을 후딱 비웠다. 삼겹살구이도 잘 먹는다. 상추쌈에 올려 먹는 모습이 참 귀엽다.

"성찬이 밥 잘 먹네."

"네. 오늘은 잘 넘어갑니다."

"남의 집 귀한 외동아들을 데꼬 와서 이리 일을 시키가 되 것나."

어머니도 성찬이를 거드신다. 같이 상추 쌈으면서 성찬이 형제가 어찌 되는지 물어보신 모양이다.

점심 먹고 모두 마루에 앉아 이야기를 나누다가 성찬이가 한 사람 한 사람 손금을 봐 준다. 몰랐던 재주다. 형님도 손을 내밀고 성찬이 말에 귀를 기울인다. 성찬이는 신바람이 났다. 세상과 담을 쌓고 살던 염세주의자가 오늘 웬일인가 싶다.

푹 쉬었다가 형님과 조카를 먼저 보내고 우리끼리 남았다.

"선생님."

"왜?"

"특별 상담은 언제 해요?"

"벌써 다 했는데."

"언제요?"

"아까 감 딸 때."

"예에?"

"그때 감이랑 특별 상담한 거였는데."

모두 웃었다. 집으로 오는 길에 뒤에 앉은 상훈이랑 영민이는 떠들다가 어느새 잠이 들었다. 서로 다리를 베고 누웠다. 옆에 앉은 성찬이랑 이런저런 얘기 하면서 왔다.

"오늘 성찬이 밥 한 그릇 비우는 거 보니 고맙더라."

"네. 저도 맛있게 먹었습니다."

"학교에서도 점심을 조금씩이라도 먹어 봐."

"안 넘어가요. 억지로 먹으면 다시 토합니다."

"그래도 먹어야 힘이 나지. 그렇게 안 먹어서 어쩌나."

"노력해 볼게요."

"오늘 좋았지?"

"예. 집에 있었으면 하루 종일 가만히 누워 있었을 낀데 좋았어요."

모두 집 앞에까지 태워 주었다. 영민이가 자기 집으로 가면서 그랬다.

"샘, 다음 주에 또 가면 안 됩니까?" 2006. 10. 22.

이제 지리 시간도 싫어질 것 같다

8월 12일 아침 6시에 일어나 배낭을 챙겼다. 코펠 두 개, 버너 여섯 개, 쌀, 밑반찬으로 멸치볶음 그리고 버스 타고 가면서 나눠 먹을 삶은 강냉이 열다섯 자루.

일찍 가서 아이들을 기다려야겠다 싶어 택시를 탔다. 8시에 만나기로 했다. 사상 시외버스터미널에 닿으니 7시 30분이다. 내가 가장 먼저 왔나 하고 둘러보니 훈민이가 나보다 먼저 와 있다. 기다리니 정열이가 왔다. 배낭을 짊어졌는데 제 키보다 배낭이 머리 하나만큼 더 있다. 그러고도 모자라 보조 가방까지 들었다.

"정열아, 배낭이 커서 엄청 무거워 보인다. 뭐가 들었노?"

"코펠하고요, 우리 모둠 먹을 거 다 들었어요. 그리고 의약품하고요."

"비상약은 내가 챙긴다 안 하더나."

"모기약하고 파스 샀어요."

저 배낭을 짊어지고는 도저히 못 오를 것 같다. 어떡하나. 나누어 지는 수밖에 도리가 없다.

신지훈이는 아버지가 차로 데리고 왔다. 지훈이 아버지하고 악수를 나누었다.

"아이고, 지훈이 때문에 가족여행도 못 가고 어쩝니까?"

"아닙니다. 어제 당일치기로 가족 모두 배내골 갔다 왔습니다."

"아이고, 그랬습니까."

며칠 전에 지훈이 아버지한테 전화가 왔다. 다음 주 월요일부터 여름휴가를 얻어 식구 모두 제주도로 가기로 했단다. 회사에서 펜션까지 빌려주었는데, 우리 반 지리산 가는 날과 겹쳐서 지훈이가 가족끼리 가는 여행을 못 간다고 한 모양이다.

"모처럼 얻은 휴가인데, 회사에서 제주도에 펜션까지 빌려주었는데, 지훈이 이놈이 안 갈라 하니까 전화드립니다. 선생님, 지리산 가는 데 지훈이 빠지면 안 됩니까?"

"예, 빠져도 됩니다. 그런데 억지로 가자고 하지 마시고, 가족회의를 열어서 지훈이 뜻을 들어 주면 좋겠어요."

"예, 그러겠습니다. 그러면 지훈이가 지리산에 못 가더라도 그렇게 이해해 주셨으면 합니다."

"지훈이 빼고 부부끼리 오붓하게 가시는 것도 좋을 듯한데요?"

"동생도 있습니다. 명색이 그래도 지훈이가 우리 집 장남입니다. 장남 빼고 가자니 허전해서 그럽니다."

"그렇지요. 식구 모두 가는데 한 사람 빠지면 허전하지요.

아무튼 잘 이야기해 보십시오."

그랬는데 다음 날 학교에 와서 지훈이는 제주도가 아닌 지리산으로 간다고 했다.

아이들이 하나둘 모이는데 대부분 보조 가방을 하나씩 들었다. 훈민이, 정열이, 양정현, 근수까지. 아차 싶다. 산에 오를 때 손에 들고 가면 힘들다는 얘기를 안 했구나. 지후는 하이트맥주 상표가 찍힌 아이스박스를 하나 들었다.

"지후야, 산에 올라갈 때는 등에 지고 가야지 손에 들고 가면 엄청 힘들다. 그 안에 뭐가 들었노?"

"비밀이에요."

나중에 보니 삶은 달걀 한 판 하고, 포도를 세 송이 씻어 넣었다. 거기다 포도 담을 접시까지 챙겨 왔다. 중산리에서 친구들과 포도를 나눠 먹을 때, 포도 한 송이를 접시에 곱게 담아서 내 먹으라고 주었다. 고맙기도 하고 웃음도 나왔다. 지후가 이렇게까지 마음결이 고운 걸 새롭게 알았다. 삶은 달걀 서른 개는 끝내 내가 들고 올라갔다.

재훈이와 오정현이는 배낭을 메지 않고 한쪽 어깨끈이 달린 가방을 들고 왔다. 이걸 어쩌나. 계곡에 물놀이 가는 차림이다. 지리산을 학교 뒷산쯤으로 아나. 가게는 아직 문을 열지 않아 배낭을 살 수도 없다.

"재훈아, 산에 갈 때는 배낭을 메고 가야. 그 무거운 가방을 손에 들고 올라갈 수 있겠나?"

"걱정 마세요, 얼마든지 갈 수 있어요."

속으로 그래 고생해 봐라 싶지만, 그래도 저걸 메고 갈 수는 없다. 신발은 모두 튼튼한 걸 신고 왔다. 그나마 다행이다.

은석이는 등산 버너가 아닌 야외용 버너가 두 개 붙은 큼직한 가방을 들고 왔다. 가볍기는 하지만 저걸 들고 가자면 여간 고생이 아니겠다. 고민 끝에 물품 보관함에 맡겼다가 돌아갈 때 찾자고 했다. 은석이가 가져온 코펠 하나도 보관함에 맡겼다. 어차피 버너가 여섯 개면 코펠도 네 개나 필요 없겠다 싶어 짐을 줄였다.

준영이 빼고 열여섯, 다 왔다. 준영이는 어머니가 못 가게 했단다. 그러면 나한테 전화 한 통만 해 주었더라면 좋았을 것을. 여행자 보험도 들었고, 로타리산장에 예약까지 해 놓았는데 서운하다.

나까지 열일곱 명, 중산리 가는 표를 끊고 버스를 탔다. 아이들은 버스에 앉자마자 손전화를 꺼내 게임 세계로 빠진다. 그대로 내버려두었다. 자기들 노는 방식인데 내가 아랑곳한다고 고쳐질까. 훈민이는 친구들과 나눠 먹을 요량으로 감자를 삶아 왔다. 감자와 강냉이를 나눠 주고 자리에 앉아 가만히 생각해 보았다.

쉽지 않겠구나. 중산리 내리면 등산 배낭부터 두 개 구해야 할 텐데. 그리고 짐을 나누어 져야겠구나. 쌀하고 라면과 가스는 넉넉한지 챙기고. 코펠은 내가 두 개 가져왔고, 정열이가 한 개 가져왔으니 너끈하고. 버너는 은석이 것 아니더라도 내가 여섯 개 구해 왔으니 한 모둠에 두 개씩 하면 되겠다. 네 명씩 네 모둠이었는데 세 모둠으로 해야겠다.

학기 초 교실에 들어가 이렇게 운을 뗐다.

"사상 시외버스터미널에서 지리산 중산리 가는 버스를 타. 버스에서 내려 중산리 취사장에서 라면을 끓여 점심을 먹고, 칼바위를 지나 로타리산장에 닿으면 5시쯤 돼. 밥을 하고 찌개를 끓여 저녁을 먹지. 9시가 되면 모두 잠자리에 들었다가 새벽 3시에 일어나 손전등을 들고 야간 산행을 해. 두 시간쯤 걸어 올라가면 지리산 꼭대기 천왕봉이야. 운이 좋으면 천왕봉 해돋이를 볼 수 있을 거야. 천왕봉에서 세석 쪽을 보고 걷다 보면 장터목산장이 나와. 장터목에서 아침을 먹고 또 걸어. 세석에서 점심을 해 먹고 대성골로 내려가. 대성골은 꽤 깊은 골짜기야. 빨치산 주 루트였다고 해. 한참 걸어 내려가면 시원한 대성골 계곡이 나와. 옷을 훌러덩 벗고 계곡물에 몸을 담가. 한 시간쯤 물놀이를 하고 쉬다가 또 한참을 내려가면 의신마을이 나와. 의신마을 이장님 집에서 저녁으로 지리산 흑돼지 삼겹살을 구워 먹지. 막걸리도 한 잔 곁들이면서."

"정말 막걸리도 먹어요?"

잠자코 듣고 있다가 막걸리란 말에 솔깃한 모양이다.

"그래. 하루 종일 땀을 흘렸으니 시원하게 한 잔씩은 해야지."

"언제 가요?"

"여름방학 보충수업 마치고."

가고 싶은 사람 손들어 보라 하니 모두 스물다섯이었다. 가는 비용이 만만찮아서 4월부터 한 달에 만 원씩 계를 모으기로 했다. 근수가 스스로 나서 계주가 되어 주었다.

그랬는데 막상 떠날 때는 열여섯으로 줄었다. 훈민이, 류지훈, 신지훈, 근수, 도성이, 재훈이, 정열이, 욱진이, 은석이, 준형이, 양정현, 오정현, 진우, 준수, 지후, 연승이.

중산리에 내려 한곳에 불러 모았다.

"자아, 잔소리 같지만 한마디는 꼭 해야겠다. 지리산이 골이 깊기는 해도 얕보지만 않으면 누구나 오를 수 있어요. 얕보고 덤비면 나가떨어지게 돼. 알겠어요?"

"예."

쌀은 빠짐없이 한 봉지씩 가져왔고, 라면도 두 개씩 넣어 왔다. 가스도 하나씩 가져오라고 했는데 열 개밖에 안 된다. 다섯 개를 더 샀다. 짐을 골고루 나누었다. 정열이 배낭을 열어 보니 통조림과 소시지, 과자에 온통 먹을 것만 가득하다. 제법 들어냈는데도 여전히 무겁다. 정열이가 걱정이다.

가게에 가서 배낭 파느냐고 물으니 조그만 배낭밖에 없단다. 가게마다 물어도 배낭은 없다. 어쩌나 하고 있는데 재훈이가 그냥 가방 들고 올라간다고 고집을 부린다. 배낭 없이는 못 간다고 해도 막무가내다. 지리산에서 금방 내려온 사람이 옆에 앉아 쉬고 있기에 말을 걸었다.

"저 애가 가방을 들고 천왕봉을 오르겠대요. 내 말은 안 들으니 말 좀 해 줘요."

대학생으로 보이는 젊은이가 웃으면서 고개를 절레절레 흔들었다.

"저걸 들고는 절대 못 올라갑니다."

민박집 앞에 머리가 허연 노인이 앉았기에 조심스레 딱한 사정을 말해 보았다.

"제가 부산서 우리 반 아이들을 데리고 지리산에 왔습니다. 아이들은 지리산이 처음이라 아무것도 모르고 손에 드는 가방에 짐을 넣어 왔습니다. 혹시 헌 배낭 하나 있으면 빌려주십시오. 꼭 돌려 드리겠습니다."

"그래요. 가방을 들고는 산에 못 오르지요. 기다려 봐요."

방에서 헌 배낭을 하나 찾아 주었다. 돌려주지 않아도 된다고 하셨다. 고마워서 인사를 여러 번 했다.

하나는 구했고, 이제 하나만 더 구하면 된다. 지리산 관리

사무소에 가서 사정 얘기를 했다. 구호용 배낭이라 못 빌려 준다고 했다. 그래도 내가 눌어붙으니까 창고에서 헌 배낭 하나를 꺼내 주었다. 구멍이 나고 곰팡이가 슬었다. 쓰지 않는 것이라도 재물에 잡혀 있어서 꼭 돌려 달라고 했다. 부산 돌아가면 택배로 보내 주기로 하고 빌렸다. 고등학생들이 생전 처음 지리산에 오른다고 하니 딱해 보여서 그런지, 아니면 대견해서 그런지 모두 따뜻하게 도와주었다.

중산리 찻길에서 등산길로 들어서자마자 오른편에 취사장이 있다. 거기서 짐을 풀고 라면을 끓였다. 네 솥을 끓여 나누어 먹었다. 근수가 손수 요리를 하겠다고 나섰다. 파를 썰어 넣고 게맛살도 썰어 넣었다. 지훈이는 점심 도시락으로 볶음밥을 싸 왔다. 나는 지훈이 도시락을 조금 나눠 먹었다. 그런데 라면을 다 먹은 녀석들이 하나둘 젓가락을 놓고 일어선다. 목구멍까지 잔소리가 올라왔지만 참고 그냥 내버려두었다. 이번 등산 오기 전에 속으로 다짐한 것이 있다. 무슨 일이 있어도 아이들에게 화를 내거나 잔소리를 늘어놓지 말자. 은석이와 근수와 정열이가 설거지를 하고 먹은 곳을 말끔히 치웠다.

칼바위까지는 반반한 길이고 거기서부터 경사가 가파른 오르막이다. 우리 반에서 몸집이 가장 큰 정열이와 다음으로 뱃살이 많은 근수가 뒤에 처졌다. 근수보다 정열이가 더 힘들어 보인다. 정열이는 몸무게가 100킬로가 넘어 보인다. 스스로 빈틈없이 준비를 해 왔다. 등산지팡이를 두 개씩이나 들고 와 한 손에 하나씩 들었고, 양팔에는 햇볕에 타지 말라고 토시까지 꼈다. 아직 오르막도 아닌데 벌써 숨을 헐떡이고 얼굴에 땀이 범벅이다. 제 몸을 못 이긴다. 근수는 배가 아프다고 숲속에 들어가 설사를 하고 왔다. 쉬엄쉬엄 가니 선두하고는 꽤 사이가 벌어졌지 싶다.

칼바위에서 목을 축이고 조금 쉬었다가 오르막을 오르는데, 정열이가 더 못 가겠다고 퍼졌다. 속이 울렁거리고 오른팔이 떨리고 왼쪽 다리가 저리고 아프단다. 팔을 잡으니 부르르 떨리는 게 느껴진다. 더 걷기는 무리다. 아까 들렀던 관리사무소에 전화를 걸어 도와 달라고 했다. 다행히 구조대원 두 사람을 보내 주겠다고 했다. 구조대원을 기다리는데 훈민이가 자기도 배가 아파 못 올라가겠으니, 자기가 정열이를 데리고 부산으로 돌아가면 어떻겠냐고 했다. 무리해서 될 일이 아닌 것 같아 그러라고 했다. 훈민이더러 정열이를 데리고 조심해서 돌아가라 하고, 나는 근수를 데리고 오르막 계단을 올랐다. 마음이 너무 무겁다.

걱정이 되어 구조대원한테 전화하니 칼바위 근처까지 왔는데 아이들을 못 만났단다. 훈민이한테 전화하니 칼바위를 지나 내려가고 있단다. 제복 입은 구조대원을 만나면 도움을 요청하라고 했는데, 구조대원과 마주쳤는데도 못 보고 지나친 모양이다. 그 자리 앉아서 기다리라고 하고, 구조대원에게 전화해서 아이들 차림새를 자세히 일러 주었다. 조금 있다 전화하니 만났단다. 큰 탈은 없고 제힘에 부쳐서 근육 경련이 일어난 것 같다고 한다. 버스 타는 곳까지 데려다 달라고 했다. 마음이 조마조마하다. 오기 전부터 정열이가 걱정이었다. 몸집이 큰 데다, 봄에는 다리를 삐어 깁스를 한 채로 한 달 정도 목발을 짚고 다녔다. 그래서 정열이한테 다음 기회에 가자고 말렸다. 갈 수 있다고 하고, 황령산을 오르면서 연습도 했다기에 데려왔다. 내가 판단을 잘못했는가 싶다.

정열이 걱정이 채 가시지도 않았는데 이번에는 근수와 진우가 자꾸 처진다. 근수는 몸집이 커서 처지고 진우는 몸이 약해서 처진다. 근수는 몸무게가 90킬로가 넘고 진우는 44킬로밖에 안 된다고 한다. 진우 배낭을 받아서 앞가슴에 안고 끈을 어깨에 걸었다. 거기에다 보조 가방 두 개를 양어깨에 걸치니, 배낭 두 개에 보조 가방 두 개를 들었다. 그래도 힘든 줄은 모르겠다.

근수는 내려오는 사람마다 로타리산장이 얼마 남았는지 묻는다. 힘들다는 말이다. 세 시간 반 걸려 로타리산장에 짐을 풀었다. 훈민이한테 전화하니 부산으로 가고 있단다. 정열이는 이제 정상으로 돌아왔고, 봄에 다친 발목만 조금 욱신거린다고 했다. 정열이 어머니한테 전화해서 사정을 말해 주었다.

먼저 온 은석이가 샘에서 물을 받아다 마시라고 주었다. 고맙다. 목을 적시고 아이들을 챙겼다. 수건을 적셔 온몸을 닦고, 젖은 옷부터 갈아입으라 하고 저녁 준비를 했다. 은석이와 근수가 도와주었다.

묵은 김치에 참치 통조림을 따서 넣고 김치찌개를 끓였다. 이번에도 근수가 요리를 맡았다. 나는 밥이 제대로 되나 불을 살폈다. 산에서는 물을 조금 낮게 부어야 한다. 밥이 끓는구나 싶으면 불을 낮추어 준다. 그렇지 않으면 삼층밥이 되기 일쑤다. 오랜만에 아이들 앞에서 실력을 뽐냈다. 밥이 설익지도 타지도 않고, 쌀이 잘 퍼져 맛있게 익었다. 가져온 밑반찬을 꺼내 저녁을 먹었다. 밥을 넉넉히 해서 모두두 그릇씩 먹었다. 이번에도 정현이 재훈이 욱진이 준수는 숟가락을 놓고 그냥 일어선다. 집에서 하던 못된 버릇이다. 울컥 잔소리가 올라왔지만 또 참았다. 그냥 보아주기로 하자. 달라지겠지.

산장에서 하는 설거지는 그릇을 물로 씻는 것이 아니다. 휴지로 찌꺼기를 깨끗하게 닦은 다음에 물을 조금 부어 그릇을 헹군다. 여럿이 둘러앉아 그렇게 설거지를 했다. 치우고 나니 얼마 안 있어 날이 어두워진다.

산장에 어둠이 내리니 별이 났다. 시간이 흐를수록 온 하늘에 별이 빼곡하게 박힌다. 산장 안은 후덥지근해서 모두 밖에서 몸을 식혔다. 식탁 의자에 드러누워 별 구경을 했다.

"선생님, 별이 이렇게 많은 건 태어나서 처음이에요."

부반장 준수다.

"손에 잡힐 것도 같제. 그래서 은하수라 하는가 봐. 마치 별무리가 흐르는 것 같잖아."

내가 시키지도 않았는데 이렇게 아이들이 별을 보는구나. 오른쪽 하늘 끝자락에 전갈같이 생긴 별자리가 보인다.

"야들아, 저쪽 산 위에 있는 별자리 보이지. 뭐 같이 생겼노?"

답이 없다.

"전갈 같지 않아?"

"그렇네요."

그렇게 놀고 쉬다가 9시에 잠자리에 들었다. 내일 새벽에 일어나자면 일찍 자 두어야 한다. 3시에 일어나기로 말 맞추고 누웠는데 머릿속이 말똥말똥한 게 잠이 오지 않았다. 뒤척이다 1시가 훌쩍 넘어서야 잠들었지 싶다.

"선생님, 선생님, 3시 10분 전입니다. 우리 쪽 침상은 모두 일어났습니다."

은석이다.

"그래, 조금만 있다가 3시에 조용히 나가자."

우리가 잔 곳은 2층 침상이고 1층 침상에는 동아리끼리 온 대학생들이 자고 있었다. 조용히 아이들을 깨워서 나왔다.

은석이더러 앞장서라 했다. 길은 외길이니까 엉뚱한 길로 빠질 걱정은 없다고 일러 주고, 천천히 가자고 했다. 모두 손전등을 켜고 길을 나섰다. 하늘에는 별이 촘촘했고 이따금 별똥이 긴 꼬리를 그리며 떨어졌다.

나는 또 맨 뒤에서 걸었다. 근수와 진우와 연승이가 뒤처졌다. 나설 때부터 진우 배낭은 내가 안았다. 오늘도 배낭과 가방이 네 개다. 천왕봉 꼭대기로 오르는 길이라 어제보다 더 가파르다. 자주 쉬었다. 한 시간 반쯤 가니 둘레가 조금씩 환해졌다. 천왕봉으로 오르는 마지막 나무 계단을 오를 때, 근수와 진우는 정말 젖 먹던 힘까지 다해 오르는 듯했다. 천왕봉 꼭대기에 닿았을 때는, 저 멀리 하늘과 땅이 맞닿은 곳이 벌겋게 물들어 있었다. 곧 해가 솟아오를 듯싶었다. 꼭대기에는 백여 명이 해돋이를 보려고 모여 있었다.

조금 기다리니 빨간 해가 동실 솟아오른다. 눈 깜짝할 사이에 광경이 펼쳐졌다. 모인 사람 모두 탄성이 나왔다. 아름답다. 너도나도 손전화를 들고 사진을 찍어 댄다. 우리 아이들도 사진 찍는 데 정신을 팔았다.

"애들아, 사진을 아무리 잘 찍어도 지금 저 실제 모습보다는 아름답지 않아. 마음에다 담아 두어라."

아무도 내 말을 듣는 것 같지 않았다. 근수가 혼잣말로 그랬다.

"정말 힘들게 올라왔는데 지금 해돋이를 본 것으로 모두 덮어지는 기분이다."

'지리산 천왕봉'이라 새긴 빗돌에 빙 둘러서서 단체 사진을 찍었다.

내려가는 길은 걷기 사나웠다. 근수와 진우가 무척 힘들어했다. 진우는 드러누워 팔을 뒤로 짚으면서 내려왔다. 선두와 제법 사이가 벌어졌다. 은석이한테 전화해서 장터목에 닿으면 먼저 간 사람이 라면 끓일 물을 떠다 놓으라고 일렀다. 한 시간 삼십 분 걸려서 장터목에 닿았다.

사람이 많아 한쪽에 자리를 잡고 라면을 끓였다. 냄비 네 곳에다 끓였다. 먼저 익은 두 냄비를 먹으라고 건네주었는데, 다 먹고는 모두 젓가락을 놓고 슬금슬금 일어선 모양이다. 식탁이 비기를 기다리던 다른 등산객한테 한 소리 듣고서야 준수가 식탁을 치웠다. 그걸 보고 있자니 속에서 울화통이 치밀었다. 그랬는데 욱진이가 자기는 라면을 조금밖에 못 먹었다고 한 쪽만 더 달라고 그릇을 내밀었다.

"안 돼. 너흰 두 냄비나 먹었잖아. 다른 애들도 먹어야지."

얄미웠다. 똑같이 힘들고 똑같이 배가 고픈데 어째 자기밖에 모르나 싶었다.

욱진이가 내민 손이 뻘쭘하게 되었다. 쌩하니 토라져서 뒤돌아 가는 모습을 보니 안됐다.

라면을 다 먹고 그릇을 닦고 있는데, 이번에는 정현이가 참치 통을 엄지와 검지 사이에 집어 들고서 물었다.

"선생님, 쓰레기 어디다 버려요?"

그 말을 들으니 또 화가 난다. 자기 배낭 속에 쓰레기 봉지 하나씩 마련하라고 그렇게 일렀는데, 잠꼬대 같은 소리를 하고 있다.

"자기 배낭에서 나온 물건은 다시 자기 배낭으로 들어가야 한다고 몇 번을 말해 주었니."

이번에도 말이 곱게 나오지 않았다.

먹기 바쁘게 또 길을 나섰다. 9시다. 세석산장에 늦어도 11시까지는 닿아야 한다. 걷는데 자꾸 욱진이 생각이 난다. 욱진이한테 호되게 한 말을 자꾸 곱씹는다. 그냥 웃으면서 라면 한 쪽을 덜어 주었더라면 좋았을걸. 욱진이가 얼마나 손이 부끄러웠을까.

"근수야, 아까 내가 욱진이한테 너무 했지?"

"예. 욱진이 삐져서 맨 먼저 떠났어요."

길은 한결 나아졌다. 능선길이라 오르막 내리막도 적고

가파르지도 않다. 땀은 줄줄 흐르는데 숲속 길이라 더운 줄 모르고 걸었다.

오르막이 사라지자 근수는 힘을 되찾았다. 진우가 문제다. 진우는 갈수록 지쳐 가는 게 눈에 보인다.

"진우야, 괜찮아?"

"예, 발바닥 아픈 것 말고는 괜찮아요."

"다리 후들거리는 거는 어때?"

"이제 괜찮아졌어요."

말은 괜찮다고 하는데 얼굴빛이 핏기가 없이 하얗다.

"도저히 못 걷겠으면 말해라. 세석에서 구조 요청해서 헬리콥터 타고 내려가면 된다."

"정말 헬기 타고 갈 수 있어요?"

진우는 아무 말이 없고 옆에 근수가 묻는다.

"그래. 전에 학교 선생님들하고 온 적이 있어. 그때 교감 선생이 다리를 삐어서 헬기 타고 내려갔거든. 진우야, 헬리콥터 타 볼래?"

"아뇨. 걸어갈 수 있어요."

은석이한테 전화해서 세석산장에 먼저 닿은 사람이 점심밥 할 채비를 하고, 그늘에 쉬면서 잠시 낮잠을 자 두라고 했다.

세석에서 점심밥을 해 먹었다. 은석이가 미리 쌀을 씻어

다 놓아, 버너에 불만 피워 올려놓기만 하면 되었다. 찌개 는 두 냄비를 끓였다. 하나는 김치찌개, 하나는 된장찌개를 끓였다. 밥이 되기 전에 찌개가 다 끓어 찌개부터 먹었다. 찌개 맛이 대박이라고 여기저기 탄성이 나왔다. 배가 고팠 겠지.

샘가에 가서 물통에 물을 두 통씩 채우고 12시 15분에 길 을 나섰다. 지금부터 걸어야 할 길이 9.1킬로다. 이정표에는 다섯 시간 걸린다고 했지만, 오후 6시가 넘어야 의신마을 민박집에 닿을 것 같다. 세석에서 삼신봉 쪽으로 가다가 갈 림길에서 오른쪽 의신마을 쪽으로 걸어야 한다. 앞서 걷는 아이들에게 갈림길이 나오면 오른쪽 의신마을 쪽으로 가라 이르고, 나는 또 맨 뒤에서 걸었다. 이번에는 진우와 근수 말고도 욱진이와 연승이가 함께 걸었다.

통에 든 초콜릿 다섯 알을 욱진이한테 건넸다.

"욱진아, 아까 내 말에 언짢았지. 미안하다. 마음 풀어라."

"괜찮아요."

초콜릿을 받아 쥐고는 활짝 웃는다.

갈림길까지는 반반한 길이었다. 그런데 거기서부터 길이 사나웠다. 앞이 확 트인 바위에 서서 내려다보니 대성골 골 짜기가 한눈에 들어온다. 우리가 걸어야 할 길이 끝없이 길 다. 천천히 걷다 보면 끝이 나오겠지.

비탈길을 한 1킬로쯤 내려왔을 때 진우가 퍼졌다. 다리가 후들거리고 체력이 바닥이 난 것 같았다. 바로 앞서 걷는 근수와 연승이, 욱진이를 불러 기다리라 하고 한 발 한 발 진우 손을 잡고 걸었다. 더 걷는 것은 힘들어 보였다. 구조대를 부르려 해도 전화가 걸리지 않았다. 내가 짊어졌던 배낭 두 개와 보조 가방 두 개를 욱진이와 연승이, 근수에게 나누어 맡기고 나는 진우를 업었다. 진우는 보기보다 가벼웠다. 업고 허벅지를 두 손으로 잡았는데 다리가 새 다리 같다. 이 다리로 그 먼 길을 걸었구나. 속으로 미안한 마음이 든다. 업고 걷기란 여간 힘든 게 아니다. 지리산에서 업고 내려간 기억이 떠오른다. 대학 2학년 때다. 우리 과 서른 명쯤이 지리산 세석에서 자고 천왕봉으로 해서 중산리로 내려갈 때, 여학생 하나가 발이 부르터서 더 걸을 수가 없었다. 지리산이 처음이던 그 여학생은 신발이 가벼울수록 좋은 줄 알고 하얀 실내화를 신고 온 것이다. 할 수 없이 내랑 내 친구 둘이서 번갈아 가며 업고 내려갔다.

이번에는 번갈아 가며 업어 줄 친구도 없다. 근수도 제 앞가림하기에도 벅차 보이고, 욱진이나 연승이도 지쳐 있다. 쉬엄쉬엄 내려가 보자. 한 2킬로 내려왔을까. 나는 온몸에 땀범벅이 되었다. 팔이 먼저 감각을 잃어 갔다. 허벅지 근육도 뭉쳤다. 그런데 진우가 아프다고 몸을 뒤틀었다. 내가 업기만 하면 숨을 몰아쉰다. 가슴이 조여 숨을 잘 못 쉬겠다는 것이다. 나도 더 업고 내려가기엔 한계에 왔다. 어쩌나. 먼저 지친 진우를 눕혔다. 눕자마자 진우는 가물가물 자분다. 이러다가 애 잡겠다. 구조대를 부르고 싶어도 전화가 안 된다. 욱진이와 연승이는 진우 곁에 있으라 하고 근수를 데리고 빠른 걸음으로 산길을 내려갔다. 1킬로쯤 내려가니 의신 마을 5.5킬로라 새긴 푯말이 나오고, 그 옆에 비상 전화가 있었다. 비상 전화는 불통인데 다행히 손전화가 된다. 비상 전화통 옆에서만 간신히 걸리고 다른 곳은 전혀 불통이다. 119에 연락이 닿았다. 우리 위치를 알려 주고, 학생 한 명이 지쳐 걸을 수가 없고, 업을 수도 없어 들것이 있어야겠다고 말했다. 곧바로 나서겠다고 아이를 보살피면서 기다리라고 한다. 마음이 조금 놓였다.

근수를 거기 있으라 하고 나는 배낭을 벗어 놓고 내려왔던 길을 되짚어 올라갔다. 진우 상태를 살폈다. 조금 살아난 듯하다. 그래도 여전히 핏기 하나 없는 얼굴이다. 진우를 꼬옥 안아 주면서 이제 마음 놓으라고 했다.

천천히 한 걸음씩 옮겨서 내려왔다. 길이 좋으면 걷고, 거칠다 싶으면 업었다. 그렇게 비상 전화 있는 곳까지 왔다. 옷가지를 꺼내 펴고 반반한 곳에 진우를 눕혔다. 옆에 계곡에서 물을 떠 와 먹이고, 아이들도 얼굴을 씻고 물을 마시고 쉬었다. 그렇게 한 삼사십 분 쉬었더니 진우 얼굴빛이 조금 돌아왔다. 다시 119에 전화해서 부반장 준수와 은석이 전화번호를 알려 주었다. 여기서는 아이들과 연락이 안 되니, 우리 아이들한테 전화해서 먼저 민박집에 가서 기다리라고, 친구 하나가 지쳐서 늦게 간다고, 그렇게 말을 건네 달라고 했다. 전화가 안 되니 앞서간 아이들은 별 탈이 없는지 걱정이다.

모두 기운을 차리고 다시 한 걸음씩 옮겼다. 잠자코 앉아 기다리는 것보다 조금이라도 길을 줄이는 게 더 나을 것 같았다. 진우도 이제 기운을 조금 차렸다. 길이 사납다 싶으면 업고 반반한 길은 걷고 하면서 걸음을 옮겼다. 욱진이와 연승이는 먼저 보내고, 근수와 진우를 데리고 천천히 걸었다. 그렇게 한 시간을 걸었다. 한 시간에 겨우 1킬로 조금 넘게 내려왔다.

앉아 쉬는데 구조대 두 명이 왔다. 그런데 들것도 없이 그냥 왔다. 말을 들어 보니 자기들은 관리사무소에서 일한단다. 구조대가 오기 앞서 먼저 왔다는 것이다. 구조대는 하동에서 나서니 조금 늦는다고 했다. 시원한 매실물을 꺼내 진우에게 주었다. 진우에게 말을 시켜 보고 상태를 물어보더니, 너무 걱정하지 않아도 되겠다고 했다. 조금 기다리자 사람들이 우르르 몰려왔다. 똑똑히 헤아려 보지는 않았지만 열대여섯은 돼 보였다. 알고 보니 119구조대원들도 오고, 의신마을 민간구조대원들까지 왔다. 우리가 잘 민박집 주인이 의신마을 민간구조대장이라 소식을 듣고 달려온 것이다. 반갑고 고마웠다. 배낭에서 먹는 포도당 알약과 이온음료, 초코파이를 꺼내 먹으라고 주었다. 나는 마음을 곤두세운 탓인지, 허기는 져도 먹고 싶은 마음이 없었다. 진우도 음료와 알약만 두 알 먹었다. 들것은 가져오지 않고 사람을 업고 갈 수 있는 질것을 가져왔다. 아기 포대기 같은 건데 업힌 사람이 푸근할 것 같았다.

진우를 번갈아 업고 내려오면서 구조대장이 농담 삼아 말했다. 앞서 걷던 근수를 보고 간이 철렁 내려앉았다고. 그래 근수가 한 몸집 하지. 짐작건대 한 95킬로는 되지 싶다.

"너 정말 고맙다. 처음에 니를 보고 얼마나 놀랬는지 아나. 그 몸으로 끝까지 걷는 것 보니 참 대단하다야. 니가 퍼졌으면 우리는 죽었다."

그 말에 모두 웃었다. 나도 말을 거들었다.

"그렇지요. 우리 근수가 이번 등반에 스스로 나서서 등반대장을 맡았습니다. 나도 이렇게 끈기 있는 녀석인 줄 몰랐어요."

근수는 두 살 때 어머니와 아버지가 갈라섰다. 그때부터 지금까지 외할머니 집에서 산다. 처음 만났을 때 어머니 이야기를 하면서 왕방울 같은 눈에서 눈물이 뚝뚝 떨어졌다. 근수가 친구들한테 화내는 걸 본 적이 없다. 언제나 생글생글 잘 웃는다. 등산 와서도 근수는 한 번도 웃음을 잃지 않았다. 진우가 지쳐 퍼지고, 전화는 불통이고, 그 순간에도 근수 웃는 얼굴을 보니 힘이 솟는 것 같았다. 꼭 하느님 같은 아이다.

2킬로쯤 내려오니 외딴집 음식점이 나왔다. 구조대원들이 올라올 때 미리 먹거리를 시켜 놓은 것 같았다. 막걸리에 산나물과 도토리묵, 닭도 몇 마리 삶아 놓았다. 막걸리 한 사발을 건네기에 받아 마셨다. 얼마나 시원하게 넘어가는지 지금도 그 맛을 잊지 못하겠다. 따로 구조비가 나와 그 돈으로 먹는다고 하지만 나도 그냥 지나칠 수가 없었다. 성의라고 하면서 가게 주인한테 십만 원을 내놓았다. 돈만큼 안주와 술을 내주라고 하고 나는 아이들을 데리고 먼저 길을 나섰다. 돈을 내놓고도 마음이 좋다. 산길 5킬로를 땀을 뚝뚝 흘리면서 달려와 준 고마운 분들이다.

어느새 해가 지고 땅거미가 내린다. 시계를 보니 7시가 넘었다. 먼저 간 아이들이 걱정이다. 전화하니 모두 씻고 쉬고 있다고 한다. 아직 산길 2킬로를 걸어 내려가야 한다. 빨리 걸어도 사오십 분은 걸린다. 8시나 되어야 닿지 싶다. 예정대로라면 지금쯤 삼겹살을 구워 먹을 시간인데 얼마나 배가 고플까. 민박집 주인이 도우러 와 있어 삼겹살도 못 구워 먹는 모양이다.

8시에 민박집에 닿았다. 주인은 전에 의신마을 이장을 지냈던 사람인데 지금은 민간구조대장 일을 한다. 사람이 참 좋았다. 불을 피우고 그 위에 커다란 철판을 얹고 삼겹살을 구워 준다. 고기는 주인에게 미리 말해서 넉넉하게 시켜 놓았다.

주인집 마당 널찍한 평상에 둘러앉았다. 깻잎에 묵은 김치를 얹어 싸 먹으니 입안에서 살살 녹는다. 막걸리도 두 되를 내왔다. 눈 깜짝할 사이에 다 비웠다. 근수가 애교를 부렸다.

"선생님, 딱 한 통씩만 더 먹어요."

"그래. 근수가 어렵게 말을 꺼냈는데, 딱 한 통씩만 더 먹자. 더는 안 된다."

"예."

주인한테 두 되만 더 달라고 했다.

지훈이는 얼굴이 빨개졌고, 준형이는 꽤 취한 것 같았다. 그런 준형이를 아이들이 놀려 먹었다. 그걸 보고 진우도 웃었다. 오늘 진우가 웃는 걸 처음 보았다. 진우도 삼겹살을 맛있게 먹었다. 나도 그제야 긴장이 풀어졌다. 그렇게 이야기하고 놀다가 12시 넘어서야 모두 자러 들어갔다.

다음 날 밥을 해서 아침을 먹고 치우는데 욱진이와 정현이가 말없이 설거지를 한다. 지금까지 못 보던 모습이다. 먹고는 젓가락 던지고 맨 먼저 일어서던 녀석들이다. 정현이는 참치 통을 들고 쓰레기 어디 버리냐고 묻던 놈이다. 내가 한 번도 잔소리한 적이 없다. 옆에 친구를 보고 배운 것이리라. 몸이 힘들수록 사람은 제 몸 챙기기 바쁘다. 이기심이 일어날 수밖에 없다. 그런데 그 가운데 더 힘든 친구를 돕는 아이도 있었다. 친구 보조 가방을 들어 주기도 하고, 가파른 비탈길을 한참 내려가 샘물을 떠 오기도 하고, 설거지를 맡아 하는 아이도 있었다.

하동읍으로 나가는 버스가 11시 15분에 있었다. 그동안 여유가 있어 그 마을에 있는 지리산역사관에 잠시 들렀다. 빨치산 남부군 총사령관 이현상이 죽었던 빗점골이 여기서 멀지 않다. 그래서 여기다 역사관을 세웠는가 싶다. "지리산 깊은 골짜기와 수많은 능선에는 아군과 빨치산 그리고 그들 틈바구니에서 희생된 죄 없는 양민의 넋들이 헤매고 있을 것이다." 이 글귀가 마음에 오래 남는다.

하동읍에 나와서 준수가 술병을 하나 꺼내 놓았다. 어머니가 선생님 드리라고 주셨단다. 열어 보니 양주다. 조니워커 골드라벨 18년산. 이 무거운 걸 2박 3일 동안 배낭에 넣고 다녔구나. 술병을 볼 때마다 지리산 생각이 날 것 같다.

우리 반 아이들이 떠오를 것이다. 아이들도 그러겠지.

헤어질 때 도성이는 이제 지리 시간도 싫어질 것 같다고 했다. 다시는 지리산에 안 온다던 녀석들이 개학하기 무섭게 겨울방학 때 또 가냐고 묻는다. 2013. 8. 22.

따뜻한 기억

밀양 상동역에서 기차 타고 부산으로 돌아가는데
차창에 실반지 같은 초승달이 걸렸다.

중간고사 끝낸 우리 반 애들 데리고
밀양 우리 감밭에 왔다가
감 따고 삼겹살 구워 먹으면서
오며 가며 들길 걸으면서
제시간보다 늦은 무궁화호 기차 기다리면서
오랜만에 참 많이 웃었다.
아이들은 본디 이렇게 웃음이 많은 건데
교실은 아이들 웃음을 빼앗았구나 싶다.

교실을 벗어나니 아이들이 새롭다.
문근이는 삼겹살 굽는 솜씨가 남다르고
반장 준섭이는 외발 손수레 끄는 기술이 좋고
베트콩 두언이는 설거지 잘하고
손잡고 들길 걷는 성준이와 종훈이 뒷모습은
사이좋은 연인같이 아름답다.

문근이 기환이가 정성스레 싸서 입에 넣어 준
삼겹살 맛을 잊을 수 없듯이
너희들도 살다 지친 어느 날에
감나무 그늘 마당에서
삼겹살 구워 먹은 가을날이
떠오를 때가 있겠지. 2014. 10. 25.

송곳

1

"헤이~ 부고."

"헤이~ 부고."

"응원 준비됐나?"

"됐다."

"왔다아아~"

"부고가 왔다~ 부우고가 왔다~ 야구장에 부우고가 왔다~ 대한민국~ 방방곡곡~ 부산고교~ 부산고교~ 불러 보세~ 불러 보세~ 만세 만세 부고 만세!"

해마다 봄이면 대통령배 야구대회 부산 예선이 대신동 야구장에서 펼쳐진다. 경고와 부고가 맞붙는 날은 두 학교 전교생이 야구장에 모인다. 시작부터 기싸움이 대단하다. '잘 살아 보세' 노랫가락에 맞춰 우렁차게 합창으로 문을 연다.

3루 쪽 관중석에서 부산고가 이렇게 포문을 열면, 이번엔 건너편 1루 쪽 관중석에서 경남고도 이에 질세라 큰북을 둥둥둥 울리면서, 앞뒤와 옆줄 그야말로 자로 잰 듯이 대오를 맞추어 앉았다가 한꺼번에 고함을 지르면서 일어선다. 그러고는 교복 윗도리를 펼쳤다, 오므렸다, 하면서 노래를 부른다. 윗도리를 펼치면 온통 흰색이었다가 다시 오므리면 검은색이 되었다 하는데 그 모습이 칼로 자른 듯해서 입이 딱 벌어진다. 보는 사람이야 눈이 즐겁지만, 저렇게 하자면 3월 한 달을 체육관에서 얼마나 시달렸을지 짐작이 가고도 남는다. 경기는 지더라도 응원만은 결코 질 수 없다는 듯이.

그때 부산고에는 추신수 선수가 있었고, 경남고에는 이대호 선수가 있었다. 추신수 선수가 그때는 투수로 뛰었다. 왼손을 썼는데 공이 얼마나 빠른지 웬만한 타자들은 모두 헛방망이질이었다. 그런 추신수 공을 이대호만은 쉽게 담장을 넘겨 버린다.

아무튼 우리 팀이 점수를 내거나 역전이라도 시키면 또 난리가 난다.

"부산 고가~ 경남 고를~"

이렇게 응원단장이 앞소리를 매기면, 전교생이 일어서서 발을 팍팍 구르면서 외친다.

"밟아 밟아 밟아 밟아 밟아 밟아 밟아."

우리가 이렇게 야루면, 경남고는 점잖게 타이르듯 훈민정음 서문을 외운다.

"나랏말싸미 듕귁에 달아!"

"나랏말싸미 듕귁에 달아!"

"문자와로 서르 사맛디 아니할쌔!"

"문자와로 서르 사맛디 아니할쌔!"

우리는 너희처럼 수준 낮은 응원이 아니다. 이렇게 교양을 갖춘 사람들이라고 학식을 뽐내고 나온다.

따뜻한 봄날, 야구장에서 고래고래 소리 지르던 따뜻한 그림을 나만 떠올리고 웃음 짓는 것은 아닐 터이다. 그때 아이들도 가끔 떠올리면서 살겠지.

그런데 응원 기싸움에서 빠질 수 없는 것이 앰프 성능이다. 졸업생들도 몇몇 운동장에 찾아와서, 지난 학창 시절을 돌아보면서 후배들 경기를 구경한다. 조금이라도 건너편보다 스피커 소리가 작다 싶으면 곧바로 동창회를 연다. 후배들 앰프 바꿔 줘야겠더라. 다음 날 바로 동창회장이 교장실로 찾아와 돈 뭉텅이를 놓고 간다. 내 기억으로 그때 소리 빵빵한 신형 앰프가 오백만 원쯤 했던 것 같다.

그런데 교장이 이 돈을 떼먹었다는 거다. 앰프는 학교 예산으로 사고, 동창회에서 받은 오백만 원을 제 주머니에 넣었다. 어쩌다 내 귀에 이 말이 들어왔다. 이것 말고도 더 있었다. 서울 명문 대학에 붙은 아이들에게 1인당 50만 원씩 주는 장학금도 떼먹었다는 거다. 또 있었다. 여름방학 때 1학년 학생들 국토순례대행진 하면서 밤에 잘 때, 졸업생이 운영하는 숙소에서 잤단다. 교장도 같이 걸으면서 채신머리 없이 자기가 돈주머니를 차고 다니면서 밥값이고, 물값이고, 숙박비까지 셈을 치렀다는 거다. 졸업생한테는 후원받으면서, 돈은 제 주머니에 넣고. 이것 말고도 두 건이 더 있었다.

이렇게 약아빠진 교장이 다 있나 싶었다. 교장도 이 학교를 나왔다. 그런데 아무도 말하지 못했다. 교장한테 부장 자리를 얻었거나, 3학년 담임 자리를 얻었거나, 교장 후배이거나 했다. 지금이야 담임이고 부장이고 모두 손사래 치지만, 그때는 진급하자면 부장 자리를 얻어야 했고, 학부모 돈 봉투가 탐이 나서 3학년 담임을 서로 하려고 했다.

다섯 가지를 낱낱이 밝혀 적었다. 글 제목을 '전 교직원에게 알리는 글'로 뽑았다. 아침 교무회의가 열리기 전에 앞앞이 한 장씩 나눠 주었다. 교장과 교감이 앉을 자리에도 한 장씩 놓아두었다. 그러고 내가 마이크를 잡았다.

"이건 범죄입니다."

첫 목소리가 떠는 게 느껴졌다. 떨면 안 되는데 숨을 한번 크게 쉬고.

"만약 떼먹은 돈을 모두 돌려주지 않으면, 저는 고발할 수밖에 없습니다. 저도 그러고 싶지 않습니다. 교장 선생님이 오늘 이 자리에서 바로 답하기 어려우시면, 제가 이렇게 공식으로 문제를 내세운 것처럼, 돈을 다 물어내고 교장 선생님도 공식으로 말씀해 주십시오."

힐끔 보니, 교장은 얼굴이 벌겋게 달아오른 채 꿀 먹은 벙어리다. 온 교직원 앞에서 톡톡히 망신당한 거다. 속으로 이를 갈았겠지. '구자행, 두고 보자.' 나는 부산고 4년 있으면서 한 번도 3학년 담임을 해 보지 못하고, 아이들과 수학여행만 세 번 갔다.

2학년 담임을 하면서 나이 젊다고 나를 학년 총무를 하라고 했다. 내키지 않았지만 떠맡았다. 그때는 학원 문제지를 돈 주고 사서 사설 모의고사를 쳤다. 그런 돈은 행정실로 가지 않고, 담임이 아이들한테 돈을 받아 나에게 주면, 내가 모아서 업자에게 건넸다. 그런데 부장이 나한테 봉투를 하나 내밀었다.

"받아 두어요."

"이거 무슨 돈입니까?"

"모의고사 업자가 주는 돈인데, 그냥 학년 경비에 넣어 두면 돼요."

그리고 부장은 자기 자리로 갔다.

조금 있다가 나도 부장 자리로 갔다.

"저는 이런 블랙 마니는 받지 않습니다."

돈봉투를 부장 책상 위에 내동댕이치고 내 자리로 돌아왔다. 내 목소리가 어찌나 컸던지 온 교무실 선생님들이 한순간 얼음이 되었다. 부장 얼굴이 벌겋게 달아올랐지만, 아무 말도 못 했다. 속으로 이를 갈았겠지. 그 뒤로는 학년 총무를 맡기지 않았다. 그때 아이들은 나를 '고자행님'이라 했고, 동료 교사들은 '블랙 마니'라 불렀다.

부산고 있을 때, 일이 또 하나 떠오른다.

2학년 담임할 때다. 학년 회의하는데, 반마다 열 명씩은 보충수업비를 학년 총무 선생한테 내라는 거다. 한 반이 서른다섯 안팎이었는데, 스물다섯 명은 행정실 스쿨뱅킹으로 내고, 나머지 열 명 아이들 이름을 총무 선생한테 주라는 거다. 총무가 '손뱅킹'으로 받는다고 했다.

또 나 혼자 딴죽 걸고 나섰다.

"안 됩니다. 이걸 관행이라 생각하시는 것 같은데, 제가 보기엔 범죄입니다."

이번에는 고발한다는 말도 안 들었다. 눈치를 보니 '고발하려면 해 봐'가 아니라 '니 배짱에 고발하겠나'였다.

부산시교육청 누리집에 공개편지를 길게 썼다. 이번에는 글 제목을 '남○○ 장학사님께 드리는 공개 질의서'였다. 그때 남○○ 장학사가 중등교육과장이었다.

"저는 부산고에서 국어를 가르치는 구자행입니다."

이렇게 내 이름을 밝히고 '손뱅킹'을 알고 있느냐, 이게 부산 시내 모든 인문계 고등학교에서 벌어지는 관행이다, 이거 밝혀지면 교육감님이 책임지고 물러나야 할지 모른다,

빨리 실태 조사하시라, 내가 이렇게 공개로 물었으니 장학사님도 공개로 답변해 주시면 좋겠다.

이번에는 부산시 고등학교가 확 뒤집힌 것 같았다. 들려오는 소문으로, 같은 전교조 교사들도 나를 욕한다는 것이다. 저 혼자 깨끗한 척한다고. 그러면 학년 경비가 없는데 무슨 돈으로 학년이 돌아가냐고. 남○○ 장학사는 끝내 답변이 없었고, 다른 젊은 장학사가 학교로 나를 찾아왔고, 교장도 나를 따로 불러 이제 그만하면 안 되겠느냐고 타일렀다. 나도 그쯤 하고 말았다. 그 뒤로 점심을 혼자 먹었다. 교사들 모두가 나를 따돌리는 것 같았다. 아니다. 내가 그들과 말을 섞고 싶지 않았다. 돌아보니 이때가 참 힘든 시절이었다.

2

학교를 부산상고로 옮겼다. 부산상고는 노무현 대통령이 다니셨던 학교고, 신영복 선생님이 나오신 학교다. 내가 신영복 선생님께 편지를 드려 모교에 와서 강연도 해 주셨다. 선생님이 학교에 잘 안 오시는데, 마침 부산상고가 선생님 모교라 억지를 좀 부렸다. 그때 하신 말씀 가운데 아직도 잊히지 않는 말씀이 하나 있다. 바로 '중용' 풀이다. 아이들에겐 좀 딱딱한 이야기였지만 나는 참 가슴에 와닿는 말씀이었다. 생생한 선생님 목소리로 들으니, 책에서 읽을 때와는 사뭇 다른 느낌이었다.

'중용'은 중간, 가운데가 아니다. 가난한 사람과 부자 가운데 있는 중산층이 중용이 아니다. 진보와 보수 가운데가 중용이 아니라고 하셨다. 그럼, 뭐냐? 중용은 '균형'이다. 이 세상은 동서양을 가릴 것 없이, 언제 어디서나 대립과 모순 구조가 펼쳐진다. 양과 음, 남자와 여자, 가진 자와 못 가진 자, 재벌과 노동자, 진보와 보수. 중용은 이 대립 구조를 어떤 눈으로 바라보느냐? 하는 인식 문제이다. 모순과 대립 구조에서 자기와 반대쪽을 적으로 바라보느냐, 아니면 함께 살아가야 할 짝으로 보느냐, 하는 문제라고 하셨다.

아시다시피, 신영복 선생님은 붓글씨를 잘 쓰기에 붓글씨를 예로 들어 말씀하셨다. 붓글씨를 쓸 때 첫 획을 비뚤게 그었다고 지우는 법이 없다는 것이다. 그 획과 조화를 이루게 다음 획을 긋는다. 첫 글자가 크거나 비스듬하면, 그다음 글자로 균형을 맞춰 간다고 하셨다. 중용은 오른쪽과 왼쪽이 따로 있지 않다는 것이다. 배에 타고 있는 사람이 모두 오른쪽으로 몰려 배가 오른쪽으로 기울면, 나는 왼쪽으로 가서 균형을 잡아 주고, 배에 탄 사람이 왼쪽으로 쏠리면, 나는 오른쪽으로 가서 균형을 잡아 주는 게 중용이다. 나와 반대편에 있는 사람이 적이 아니라 나와 균형을 맞춰 가는 짝으로 보는 게 중용이라는 말씀이었다. 세상 이치를 제대로 꿰뚫어 본 참된 말씀이로구나 싶었다.

부산상고는 부산 서면 한가운데, 지금 롯데백화점 자리에 있었는데, 그 땅을 팔고 지금 자리로 옮겼다. 지금 부산상고 자리는 예전에 당감동 화장터였다. 화장터이다 보니 사람들이 꺼려서 집 짓고 살지 않고 비어 있었다고 한다. 그래서 학교 넓이가 2만 7천 평이나 되었다.

학교를 옮기고 얼마 안 되어서, 입에서 입으로 떠도는 재미나는 이야기 하나를 얻어들었다. 학교 옮길 때, 지관이 이 자리는 제왕 터라서 학교 졸업생 가운데 대통령이 두 사람 나올 거라고 점쳤단다. 그런 눈으로 보면 그 지관이 정말 용했다. 벌써 대통령이 한 사람 나왔으니 아주 그럴싸한 말이었다.

학교에서 귀신을 봤다는 이야기도 많았다. 아이들은 주로 화장실에서 봤다고 하고, 내 옆자리 선생님은 학습 자료실에서 봤다고 했다. 자료 찾으러 갔다가, 건너편 책상 밑으로 지나가는 사람 다리를 봤는데, 그쪽으로 가 보니 아무도 없더라는 것이다. 나도 비슷한 일을 겪었다. 비 오는 날 아무도 없는 복도를 걸어가는데 누가 뒤따라오는 느낌이 들었다. 그래도 내 생각에 빠져 걷다가 무심코 누굴까 하고 돌아봤는데 아무도 없었다.

귀신을 봤다는 곳은 모두 교장실 가까운 곳이었다. 교장실 자리가 죽은 사람 관을 태우던 용광로 자리였다고 한다. 본디 그 자리는 행정실이었는데, 어느 교장이 그 자리가 기운이 세서 좋다고 교장실과 바꾸었단다. 맞는 말이지 싶다. 현관으로 들어서면 보통 행정실이 먼저 있고 그다음이 교장실인데, 부산상고는 교장실이 바깥쪽에 있고, 행정실이 안쪽에 있다.

노무현 대통령이 탄핵 소용돌이에 휘말릴 때였다. 어느 날 아침 교무회의에서 교장이 뜬금없이 교문 하나를 걸어 잠그겠다고 했다. 학교가 넓다 보니 교문이 둘이었다. 하나는 정문이고 또 하나는 옆문이다. 3층짜리 본관 건물이 길게 한 줄로 섰고, 그 뒤쪽에 별관이 또 한 줄 있고, 또 그 뒤쪽에 동창회 건물이 있었다. 본관 앞에 넓은 축구장과 체육관이 있고, 그 아래 넓은 야구장이 있고, 그 아래 커다란 정문이 있다. 옆문은 본관과 가까운 옆 울타리에 있었다. 말이 옆문이지 큰 트럭이 드나들 만큼 컸다. 교사고 아이들이고 모두 이 옆문으로 다녔다. 버스 정류소가 옆문 가까이 있으니까, 정문으로 가자면 백 미터 넘게 내려갔다가 다시 백 미터 넘게 걸어 올라와서 교실로 들어가야 한다. 누가 그러고 싶겠는가. 그런데 이 옆문을 걸어 잠그겠다는 말이다.

갑자기 뭔 뚱딴지같은 소린가 했더니, 이 옆문으로 학교 기운이 새 나가고, 정문으로 좋은 기운이 들어오지 않아서,

대통령이 탄핵당할 고비에 이르렀다고 문을 걸어 잠근다고 했다. 이 말을 내게 귀띔해 준 이는 이 학교를 나온 교사였다. 교장도 부산상고 나온 사람이었다. 나도 노무현 대통령을 좋아하지만, 아이들이 먼저였다. 내가 전교조 분회장을 맡을 때라 소매를 걷어붙이고 나섰다.

이번에는 교무회의에서 마이크를 잡지 않고, 교장실로 찾아가서 담판을 지었다. 없는 교문도 내야 할 판인데 있는 교문을 없애겠다니 애초에 말이 안 되는 억지였다. 교장이 펴는 점쟁이 논리가 학생이 먼저라는 내 논리를 이길 수 없었다. 옆문을 걸어 잠그지도 않았고, 대통령도 탄핵당하지 않고 일은 잘 끝났다.

그런데 그다음 해에 더 재미나는 일이 벌어졌다. 그 당시 김 아무개 ○○당 국회의원이 자기 아버지 흉상을 학교 본관 앞에 세우고 싶다고 했다. 아버지가 부산상고를 나왔는데 흉상을 세워 주면 해마다 장학금으로 돈을 내놓겠다고. 이미 학교 본관 앞에는 김지태 씨 흉상 하나가 있었다. 누가 봐도 어울리지 않는 자리에 누가 봐도 왜 세웠는지 알 수 없는 그야말로 흉상이었다. 김지태 씨는 부산상고를 나왔고, 한때 부산에서 첫 번째로 손꼽히는 부자였다고 한다. 그동안 후배들에게 장학금으로 큰돈을 내놓아서, 해마다 수십 명에게 김지태 장학금을 주었다. 모교에 뜻을 기리는 흉상

하나 세워 줄 만했다.

이번에는 학교운영위원회가 열렸다. 나도 운영위원이라 회의에 들어갔다. 들어 보니 교장은 이미 마음을 정한 것 같았다. 아무도 교장 뜻을 거스르는 말을 꺼내지 못했다. 조용히 입을 열었다.

"학교에 흉상을 세우는 것은, 그 사람 삶이 훌륭해서 학생들에게 귀감이 되어, 우리 아이들이 본받고 살라고 세우는 것이지, 그 사람 이름을 빛나게 하려고 세우는 게 아닙니다. 김○○ 님은 친일 행적이 있어 학생들에게 본보기가 되지 못합니다. 부산상고는 역사가 오래된 학교라 사회 곳곳에 훌륭한 분들이 많습니다. 김응룡 야구 감독님도 부산상고 나오셨고, 지휘자 금난새 님도 우리 학교 나왔습니다. 이 시대 지성으로 손꼽히는 신영복 선생님도 우리 학교를 나오셨습니다. 흉상을 세우려면 이런 분들이어야 하지 않겠습니까? 그래야 우리 아이들이 본받고 살겠지요. 그리고 장학금 낸다고 흉상 세워 주고 비석 세워 준다면, 얼마 안 가서 온 학교가 공동묘지처럼 되지 않겠어요? 저는 반대합니다."

내 말에 교장이 토를 달고 나왔다.

"친일했다는 것은 정확한 근거가 없습니다. 그리고 흉상을 세우는 비용도 모두 자기들이 부담한다고 했습니다."

더 길게 말을 늘어놓았는데 기억이 안 나는 것으로 보아,

알맹이는 없이 얼버무리는 말이었지 싶다. 이러다가 안 되겠다 싶었다.

"그럼, 제가 하나 안을 내겠습니다. 이런 일에 답을 해 줄 곳이 있습니다. 민족문제연구소에 공문을 보내 이분 흉상을 학교에 세우려고 한다. 그래도 되겠는지 답변을 받아 보고 정합시다."

내가 원체 드세게 말하고, 또 내 뒤에는 전교조 분회원 선생님들이 버티고 있는 줄 잘 알기에 교장은 더 고집을 피우지 않았다.

민족문제연구소에 공문을 보냈고, 이런 답변을 받았다.

"김○○는 친일 논란이 있는 사람이라, 학생들에게 귀감이 되지 못하기에 학교에 흉상을 건립함은 바람직하지 않다고 봅니다."

부산상고에서는 조금도 외롭지 않았다. 전교조 활동가들이 수두룩했다. 아마 부산 시내에서, 아니 전국에서 전교조 분회가 가장 꽃피었지 싶다. 분회 운영위가 따로 있었다. 모든 분회원이 모이기 힘들 때는 이 몇 사람만 모여 생각을 모았다. 한 주에 한 번은 학교 가까운 보리밥집에서 분회원 모두가 함께 점심을 먹었다. 봄가을로 분회원 나들이를 갔는데, 우리 어머니가 사는 밀양 자두밭에도 갔다. 방학하면 1박 2일로 분회원끼리 서로 마음을 다지는 모임을 하고, 한

해를 마무리할 때는 분회 참실대회까지 했다. 나는 늘 '삶을 가꾸는 글쓰기'를 주제로 이야기했고, 내가 해마다 엮어 내는 문집을 우리 분회원들이 끔찍이도 사랑해 주었다. 선생님들은 말할 것도 없고, 실습 나온 교생들도 문집을 탐내었다. 교생들끼리 있는 방에 문집을 한 권 주었더니, 모든 교생이 돌려 가며 읽었다. 너덜너덜해진 문집을 꼭 한 권 갖고 싶다고 해서 선물로 주기도 했다. 2024. 3.

3부

우리 반 학급 일기에 나오는 주인공은 바로 우리 반 아이들이다.

아이들은 자기가 주인공으로 나오는 이야기를 쓰고

또 함께 나누면서, 자기 삶이 귀한 줄 알게 될 것이다.

한발 물러서서 자기를 살펴볼 줄도 알고,

친구들 마음도 헤아릴 줄 아는 듬직한 사람이 되지 않을까.

무엇이든 마음껏 말할 수 있는 교실, 내가 꿈꾸는 교실이다.

시 읽는 교실

아침 모임 하러 교실에 들어갔는데 교탁 앞에 맨 앞자리 혜린이가 손을 들었다.

"혜린이 왜?"

"저, 시 외울게요."

"그래. 그럼 앞에 나와서 큰 소리로 외워 봐라."

혜린이가 교탁 앞으로 나와 섰다. 시끄럽던 교실이 조용해지고 아이들 눈길이 혜린이에게로 쏠렸다.

"아버지는 단 한 번도 아들을 데리고 목욕탕엘 가지 않았다…."

손택수 시인이 쓴 시 '아버지의 등을 밀며'를 처음부터 끝까지 막힘 없이 읊었다. 모두 열여덟 줄이나 되는 긴 시다.

듣고 나서 아이들이 손뼉을 쳤다.

"왜 이렇게 긴 시를 골랐을까? 혜린이는 이 시가 마음에 들었나 보구나."

"점수가 높아서. 4점이나 까 주잖아요."

중간고사 치고 나서, 아이들에게 시를 외워 오면 벌점을 까 준다고 했다. 미리 시집을 만들어 두었다. 김소월이나 한용운이 쓴 시가 아니고 요즘 시인들 시로만 묶었다. 그동안 내가 모아 둔 시도 있고, 〈올챙이 발가락〉에서도 몇 편 뽑고, 부산 금정고 교장 선생님으로 계신 조향미 시인에게도 몇 편 추천받고, 부산글쓰기회 김구민 선생님한테 받은 시도 있다. 작은 책자로 만들어 각 반에 열 권씩 나눠 주고, 교무실 선생님들에게 돌렸더니 반응이 좋았다.

첫째 시간 마치고는 경진이가 시집을 들고 와서 권정생 선생님이 쓰신 '고생 보따리'를 외우고 갔고, 둘째 시간 마치고는 앞반 예은이가 이규경 시인이 쓴 '용기'를 외우고 갔다.

용기
/ 이규경

넌 충분히 할 수 있어
사람들이 말했습니다.

용기를 내야 해
사람들이 말했습니다.

그래서 나는 용기를
내었습니다.

용기를 내서 이렇게
말했습니다.

나는 못 해요.

예은이한테 왜 '용기' 시를 골랐는지 물었다.
"그냥 이 시가 좋아요. 외우기도 쉽고."
짧은 시는 벌점 1점을 까 주고, 혜린이가 외운 '아버지의
등을 밀며' 같은 시는 4점을 까 준다. 벌점이 많이 쌓인 아이
들은 짧은 시 여러 편을 외우기도 하고, 긴 시에 덤벼 보기
도 한다.
아침에 아이들 목소리로 시 한 편을 읊으면서 하루를 여
니 참 좋다. 이제 아침마다 시를 읽으면서 교실 문을 열 수
있겠다. 미처 생각 못 했는데 혜린이 덕분이다. 2022. 5. 10.

정수

3월 2일, 3층 2학년 6반 교실로 올라갔다. 몇몇 아이들이 문밖까지 나와서 자기 반 담임으로 누가 올지 기다리고 있다. 2학년 6반으로 들어서자 아이들이 손뼉을 치면서 정말 따뜻하게 반겨 준다. 참 고맙다. 고맙다는 마음이 절로 인다. 나도 웃으면서 들어섰다. 나도 모르게 환한 웃음이 나왔다.

마련해 놓은 사물함 이름표를 한 사람, 한 사람 부르면서 나누어 주었다. 이름표 꽂이에 맞게 치수를 재어서 미리 비닐 코팅까지 해 두었다. 그냥 주는 것이 아니라 한 사람씩 꼬옥 안아 주면서 "같은 반이 돼서 참 좋아. 잘 지내자." 하고 등을 토닥거려 주었다. 아이들도 "저도 좋습니다" 하면서 받아 준다. 그렇게 서른아홉 명을 차례로 안아 주었다.

다른 반은 서른 남짓 되는데 우리 반만 서른아홉이다. 2학년 여덟 반 가운데 남학생이 세 반인데, 그 가운데 두 반은 이과고 우리 반만 문과다. 지난해 1학년 했던 선생들 말을 빌리면, 말도 못 할 농땡이들이고, 이른바 문제아들만 문과에 다 모였다는 것이다. 내가 받은 첫 느낌은 전혀 아니다.

식당에 점심 먹으러 가는데 2학년 여학생이 쪼르르 다가오더니 이렇게 묻는다.

"샘, 전 3반인데 우리 반 수업 들어오세요? 근데 샘 반 아이들한테 뽀뽀했다면서요?"

아침에 아이들하고 인사하면서 안아 줄 때, 몸을 뒤로 빼는 아이한테 볼때기에 뽀뽀까지 해 주었다. 대답은 안 해 주고 그냥 웃기만 했다.

또 한 남학생이 다가오더니 이렇게 말한다.

"샘, 샘 반에 백산이 있지요? 김백산."

"그래."

"글마 1학년 때 머리 때문에 담임샘한테 스트레스받아서 전학 갈라 했는데, 이제 전학 안 간대요."

둘째 시간, 우리 반 문학 시간에 들어가니 백산이는 맨 앞줄에 앉아 있었다.

"너 머리가 곱슬이라 신경 쓰이겠구나."

"예."

"지금 모양이 참 좋은데. 이걸 펴자면 뒷머리가 이렇게 늘어질 수밖에 없겠구나?"

"예."

"1학년 때 지적 많이 당했겠네?"

"예."

"자연스러운데, 내 눈에는 조금도 거슬리지 않는데."

백산이는 지나친 곱슬머리다. 미장원 가서 스트레이트파

마를 해서 폈단다. 그러니 뒷머리가 자연 길게 늘어질 수밖에 없다. 그런데 뒷머리가 길다고 담임이 다그쳤던 모양이다.

다섯째 시간 마치고 청소 시간, 교실로 올라가자 한 아이가 나를 찾아왔다.

"선생님, 드릴 말씀이 있는데요."

"그래."

그 애를 데리고 복도로 나왔다.

"저 보충수업이랑 야자 못 해요. 1학년 때도 안 했어요."

얼굴빛은 까무잡잡하고 허우대가 좋고 다부진 체격에 목소리에 힘이 있다.

"왜? 무슨 사정이 있나 보구나."

"어머니가 안 계시고, 아버지가 집에서 놀고 있어 제가 알바해서 살아가는데요. 보충 하고 가면 알바 시간에 늦어요."

"무슨 일 하는데?"

"통닭집에서 오토바이 배달해요."

"오토바이? 위험하지는 않나?"

"괜찮아요. 몇 번 사고가 나긴 했어도 배달을 해야 돈을 더 받아요."

"그렇구나. 알바는 언제부터 했노?"

"1학년 초부터 했어요."

정수 말을 듣고 있자니 내가 작아지는 기분이다. 벌써 철이 들었구나 싶다. 모진 풍파를 헤치고 나온 자신감이랄까. 당당함이 느껴진다.

"그래. 그래도 오토바이 조심해서 몰아라."

정수는 4월에 자라온 이야기 쓸 때, 아버지 이야기를 썼다.

아버지의 폭력

어렸을 때, 내가 여섯 살 때 우리 식구는 풍족하지는 않지만 화목하게 지냈던 것 같다. 우리 식구가 불행을 맞이하게 된 건 형이 초등학교에 들어가면서부터인 것 같다. 어머니는 나와 형에게 남들보다 더 좋은 옷, 더 좋은 음식, 우리가 가지고 싶은 것을 다 해 주려고 하셨다. 그러다 보니 메이커 옷도 사 주시고 외식도 자주 하게 되었다. 그러다 보니 적은 수입에 돈은 많이 나가게 되고 그것 때문에 아버지와 어머니 사이에 갈등이 생겼다.

그 일은 서로 양보해서 좋게 끝났지만 우리 형이 초등학교 2학년이 되던 해 또 두 분 사이에 갈등이 생기게 되었다. 우리 형 학교생활을 편히 하고 불편한 점을 없애 주려고 그랬는지 어머니가 형 담임선생님에게 흰 봉투를 몇 번 가져다주신 적이 있었다. 그걸 아버지가 아시게 된 것이다. 의처증이 심하셨던 아버지는 어머니가 학교 선생과 바람을 핀다고 생각하고 어머니에게 폭력을 행사했던 기억이 아직까지 생생하다. 그때는 나와 형이 아직 어렸기 때문에 아버지가 어머니를 때리면 방에 들어가 구석에서 울기만 했다.

그렇게 어머니는 몇 년 동안 이어지는 폭력을 견디지 못하시고 내가 초등학교 2학년이 되던 해 집을 떠나셨다. 어머니가 집을 나서기 전에 나를 끌어안고 한참을 우셨던 게 기억난다. 지금도 그날만 생각하면 죽을 듯이 가슴이 미어진다. 어머니가 집을 떠나고 난 뒤 아버지는 우리 두 형제에게 굉장히 무관심하게 되었다. 내가 아파도 병원에 간 적이 없고 학교 일에도 일체 무관심이었다.

아버지가 우리에게 다시 관심을 가지게 된 것은 내가 초등학교 4학년 때 도둑질을 하다가 학교 선생님에게 잡히면서부터인 것 같다. 아버지가 하루에 용돈을 5백 원씩 주시고 가셨는데 날마다 우리 형이 내 걸 뺏아 가서 나는 항상 돈이 없었다. 그 나이 땐 과자도 먹고 싶고, 친구들과 오락실도 가고 싶은데, 돈이 없어서 못 하니 도둑질을 배우게 된 것이다. 학교 친구들 돈을 굉장히 많이 훔쳤다. 꼬리가 길면 잡히는 법 결국 담임선생님에게 들키고 말았고, 아버지가 학교에 오시게 된 것이다. 집에 가서 호되게 혼날 것이라 겁먹고 있었는데 집에 오자 아버지가 나를 불러 앉혀 놓고 먼저 미안하다고 하셨다. 못난 아버지 잘못이라고 나를 끌어안아 주셨다. 그때는 어려서 혼나지 않았다는 사실에 기뻐했지만 지금 생각하면 눈물이 핑 돈다. 2006. 4. 11.

정수 글을 읽고 정수를 더 잘 알게 되었고, 정수에게 마음이 다가가 서로 가까워졌다. 5월 8일, 어버이날에 정수가 교무실 내 자리로 내려왔다.

"선생님, 오늘 조퇴 좀 해 주세요."

"왜? 무슨 일 있나?"

"아니, 엄마한테 가 보려고요."

"엄마한테? 만나기로 했나?"

"아뇨. 엄마 집에 갔다 올려고요."

"엄마 어디 사시는데?"

"기장에 사는데, 가도 만나지는 못해요."

"그런데 왜 가려고?"

"엄마가 일하고 늦게 와서 만나 보지는 못해도 그냥 꽃 한 송이 방에 넣어 놓고 올라고요."

정수는 덤덤하게 말하는데 정수 말을 듣고 있는 내 마음이 짠하다.

"효자구나. 갔다 오면 오늘 배달 바쁘겠구나."

비 오는 밤

하루가 끝나는 시간
비 오는 밤
나는 우산을 들고 집을 나선다.
힘없는 걸음으로 집 근처 육교에 올라
하늘을 바라본다.
불빛 한 점 없는 하늘
아주 작은 빛도 보이지 않는 하늘
빛을 찾으려 해도
빗방울이 방해를 놓는다.
집으로 향하는 발걸음
늦은 밤 학원을 다녀온 아들과
마중 나와 함께 들어가는 어머니의 모습이 보인다.
나는 홀로 어두컴컴한 대문으로 들어선다. s. 30.

내 앞에서나 친구들 앞에서는 언제나 꿋꿋하지만 정수라
고 슬픔을 못 느낄 리 없다. 이 시를 읽으면서 나도 모르게
눈물이 났다. 정수는 늦은 시간 비 오는 밤에 우산을 들고
나왔다. 그냥 무작정 동네 한 바퀴 도는 게, 허전한 마음을
달랠 길 없을 때 하는 버릇이겠지. 늦은 밤 학원을 다녀온

아들과 마중 나와 함께 들어가는 어머니 모습이 얼마나 부럽고, 또 그리웠을까.

아버지

아버지와 함께 불고기집을 갔다.
내가 가기 싫다는 걸 아버지가 억지로 끌고 왔다.
주문한 고기가 나오고
아버지는 말없이 고기를 구우셨다.
아버지는 굽기만 하고 나는 먹기만 했다.
화장실을 다녀오다가
술 한 잔에 고기 한 점 드시는
아버지의 뒷모습을 보았다.
내가 자리에 앉으니 또 고기를 굽기 시작하셨다.
미안한 마음에 상추에 고기를 싸서 먹여 드렸다.
"우리 아들이 싸주는 고기가 제일 맛있네."
환한 웃음과 함께 툭 던지는 한마디
그 웃음이 그렇게 쓸쓸해 보일 수가 없었다. 7. 13.

정수에게 허락을 얻어서 정수가 쓴 글을 우리 반에서도 읽어 주고, 다른 반에 가서도 읽어 주었다. 아이들과 글쓰기를 해 보면, 자기 이야기를 정직하게 쓰기는 해도 아픈 이야기를 드러내 보이기는 꺼린다. 그러다가도 용기를 내어 다른 친구들에게 읽어 보이고 나면 홀가분하다고 한다. 도리어 그것이 자기를 사랑하는 마음을 지니게 하고, 글을 또 쓰게 하는 힘이 되는 듯하다. 다른 아이들도 친구를 더 깊이 알게 된다. 나도 아이 글을 읽고서 아이를 알게 되면, 복도에서 마주칠 때 느낌이 다르다. 또 아이가 어떤 잘못을 해도 화가 나지 않고 헤아려 주는 마음을 내게 된다. 나는 이게 글쓰기 공부가 지닌 힘이라 생각한다.

식구

집에 도착하면 11시, 형은 아르바이트를 가고 집에 없고 아빠는 홀로 집을 지키고 있다. 씻고 공부하려고 식탁 앞에 앉으면 아빠의 한숨 섞인 푸념 소리가 내 귀를 울린다. "아침부터 니 형이 열받게 하던데…"로 시작해서 이런저런 욕들이 끝이 없다. 듣고 있으면 짜증이 치밀어 올라서 "그만하고 그냥 자라!" 이렇게 아버지에게 고함을 지른다. 그럼 아빠는 나에게 싸가지 없는 새끼라고 투덜거리며 방으로 들어간다.
새벽 2시쯤 넘으면 형이 온다. 형에게
"아침에 아빠랑 싸웠나?"

물어봤더니

"있다이가"로 시작해서 끝이 없다.

또 짜증이 나서

"아! 됐다. 닥치고 자라."

이렇게 쏘아붙이고 옷을 입고 밖으로 나온다. 밖으로 나와서 담배 하나 물고 조용한 새벽 동네를 돌아다닌다. 걸으면서 여러 가지 생각을 정리한다. 도대체가 하루에 얼굴 보는 시간이 한 시간 될까 말까 한데 그 짧은 시간에 날마다 그렇게 다툴 수가 있을까?

문제점을 생각해 본다.

우선 형.

내가 우리 식구 중에서 제일 싫어하고 증오하는 인간이다. 어릴 때부터 나를 많이 때려서 싫었고, 지금은 존재 그 자체로 싫다.

여름에 땀 흘리고 와서 씻지도 않고, 냄새나고, 살은 디룩디룩 쪄 있고, 아르바이트해서 번 돈으로 날마다 술이나 처먹고 다니고, 내 옷을 지 것처럼 입고 다니고, 내가 먹을 거 사다 놓으면 지가 다 처먹고, 다 말하자면 너무 길다. 하여튼 싫다.

그리고 아빠.

답답하다. 보고 있으면 형이랑 똑같다. 맨날 형보고 "저

새끼는 누굴 닮아서 저러는지" 이 말을 들으면 어이가 없다. 내가 볼 땐 부전자전이다. 날마다 알바 일하고 밤늦게까지 공부해야 하고 안 그래도 지금 내 스트레스는 장난이 아닌데. 식구들까지 저 모양이니 참 살맛 안 난다. 9. 16.

2학기 들어 정수는 한 달 넘게 다리에 깁스를 하고 다녔다. 통닭집 배달 알바를 하다가 오토바이 사고가 났다. 급하게 배달 가다가 넘어진 것이다. 뼈에 금이 간 것 말고는 크게 다치지 않아 그나마 다행이었다. 그런데 통닭집 주인이 치료비는커녕 오토바이 부서진 것까지 정수한테 물어 달라고 한단다. 그 일로 정수가 크게 낙심해 있었다. 화가 나서 통닭집 주인에게 전화했다. 사고 경위를 듣고 나서, 사고야 정수가 냈지만, 배달 일 하다가 사고가 났으니 사고 수습을 주인이 해 주어야 하는 것 아니냐고 따졌다. 오토바이 수리비는 주인이 내기로 했다.

아버지

식구들 간의 사랑이란 무엇일까? 서로 챙겨 주는 것? 걱정해 주는 것? 힘들 때 서로 기대어 의지하는 것? 맞는 말이다. 그럼 효도란 무엇일까? 나쁜 짓 하지 않고 부모님 속 안 썩이는 것? 건강하게 잘 커 주는 것? 이것도 다 맞다. 하지만 내가 생각하는 사랑과 효도는 다르다.

중학교 때 아버지가 하던 사업이 망해서 우리 집은 아주 가난하고 힘겨웠다. 제대로 된 옷, 신발 하나도 못 사 주는 아빠가 싫었고 원망도 많이 했다. 아빠에 대해 반감을 갖게 되고 반항도 심해졌다. 가난한 집이 싫었고 이렇게 된 원인인 아빠가 싫었다.

고등학교를 와서 여러 가지 아르바이트를 했다. 용돈도 내가 벌어 쓰고 학비도 내고 집안까지 책임져야 할 정도로 우리 집에서 나의 비중이 커졌다. 아빠는 사업에 실패하고 몇 년간 일을 하지 않았다. 그러다 보니 내가 우리 집의 가장인 양 그렇게 되어 버렸다. 아빠, 가장의 권위를 무시하고. 내가 왕인 것처럼.

내가 일하면서 학교 공부도 하고 여러모로 스트레스가 많이 쌓였고 그 화살을 아빠에게 돌렸다. 날마다 짜증 내고 투덜거리고 대놓고 아빠를 무시하기도 했다. 아빠가 나에게 부탁을 하면 실컷 짜증 내고 욕하고 난 뒤 그 부탁을 들어주기도 하고 그랬다.

고3이 다 되어 가면서 공부를 해야 되겠다는 마음이 들었고 아르바이트를 그만두게 되었다. 내가 일을 그만두면 집에 돈줄이 끊기기에 아빠보고 제발 일 좀 하라고 윽박질렀다. 그럴 때마다 아빠는 아무 말도 안 하고 벼룩시장만 들여다보았다. 그런 모습이 더 짜증이 났다.

하루는 아침에 눈을 떴는데 아빠가 안 보인다. 아침부터 어딜 나갔는지 짜증이 났다. 아침을 먹으려고 식탁에 앉았는데 웬 쪽지가 눈에 들어온다.

'정수야, 아빠 일하러 가니까 밥 먹고 학교 가거라.'

아빠가 드디어 일하러 간다는 말에 기분이 좋았다. 기쁘게 학교로 갔는데 한 시간, 두 시간, 시간이 지날수록 마음 한구석이 불안해졌다. 혹시 다치지는 않았는지, 밥은 먹었는지, 추운데 옷은 따듯하게 입었는지. 한 번도 이런 걱정해 본 적 없는데 이상했다.

학교를 마치고 집으로 잽싸게 달려왔다. 집 앞 대문에 서니 썰렁한 느낌을 받았다. 대문 안으로 들어서니 찬바람이 휭하니 분다. '아, 내가 어딜 다녀왔을 때 나를 반겨 줄 사람이 없는 게 이런 착잡한 기분이구나' 생각했다.

저녁도 먹지 않고 아빠를 기다렸다. 밤늦게 아빠가 무척 피곤해 보이는 얼굴로 돌아왔다.

"어디 갔다 왔노?"

"노가다하러."

"할 만하더나?"

아무 말 없이 방으로 들어간다.

"밥 먹었나?"

"…"

아무 말 없이 이불을 펴고 눕는다.

"안 먹을 끼가?"

"아빠 아프다. 말 걸지 마라."

"알았다."

방문을 닫고 나가려는데

"밥 챙겨 먹고 어디 나가지 마라."

아빠의 힘없는 목소리다. 문을 닫고 내 방으로 와서 주섬주섬 옷을 입는다. 큰방으로 가서 아빠에게 물었다.

"약 사 올까?"

"됐다. 빵이랑 우유나 사다 도."

바로 슈퍼로 뛰어갔다. 너무 길게 느껴졌다.

빵과 우유를 사 들고 집으로 왔다. 잠든 듯한 아빠. 아빠를 깨워서 빵이랑 우유 먹으라고 한 뒤 나는 집을 나섰다. 슈퍼에 들러서 소주 한 병을 사 들고 놀이터로 갔다.

마음이 이상했다. 아빠가 아픈 건데 내가 왜 이래 아픈지. 차라리 내가 아팠으면 내가 괜히 일하러 가라고 해서 아픈 거라며 죄책감을 느꼈다. 아빠도 내가 아팠을 때 이랬을까. 능력 없는 자신을 원망했겠지. 내가 지금 이런데 아빠는 그때 어떤 마음이었을까. 가슴이 찢어졌다. 정말 태어나서 처음으로 이런 식의 아픔을 겪었다. 아무 생각 없이 눈물만 흘렀다. 나는 지금까지 내가 효자라고 생각했다. 돈 벌어다 주고 공부 열심히 하고 착하게 살아온 게 효도라 생각했다. 12. 10.

여러 해 쉬다가 드디어 아버지가 일을 하고 돌아온 저녁. 끙끙 앓으며 누운 아버지에게 빵과 우유를 사다 드리고, 다시 나와 슈퍼에서 소주 한 병 사 들고 놀이터로 간 정수. 이 글을 읽으면서 가슴 한 곳이 뻐근했다.

그렇게 그해 겨울은 지나가고 정수가 3학년이 되었을 때, 나는 학교를 옮겼다. 떠나기 전에 아이들 글을 모아 문집을 엮어서 나눠 주었다. 문집에 실은 글 덕분에 정수가 지혜랑 사귀게 됐다는 이야기를 전해 들었다. 정수가 초등 2학년 때 어머니하고 헤어져 아버지와 살아왔는데, 일곱 살 때 엄마 아빠가 갈라서고 아버지랑 살아온 지혜 이야기를 읽고 지혜 교실로 찾아가서 그랬단다. "지혜야, 술 한잔하자." 그렇게 해서 둘이 사귀게 되었다는 이야기. 엄마 없이 자란 슬픔이 얼마나 뼈저리게 북받쳤을까. 그 슬픔을 누구보다 잘 알기에 비슷한 처지로 자란 지혜 마음을 다독여 주고 싶었겠지.

정수가 쓴 글을 차례로 읽다 보면, 조금씩 달라져 가는 정수 마음을 엿볼 수 있다. 처음에는 아버지와 형을 미워하는 마음이 곳곳에 나타난다. 대들고 소리 지르고 제구실 못 하는 사람이라 우습게 알고 얕잡아 보기까지 한다. 그러다가 조금씩 아버지가 보인다. 어느 순간 아버지의 쓸쓸한 뒷모습이 눈에 들어오게 되고, 아버지의 아픔이 곧 내 아픔이란 걸 몸으로 느끼기까지 한다.

돌아보니 담임으로 정수에게 아무것도 해 준 게 없는 것 같아 마음이 저리다. 그저 옆에서 가만히 지켜봐 준 것밖에 없다. 그 뒤에 정수가 어떻게 지내나 들어 보니 고등학교를 마치고 어머니랑 둘이 함께 산단다. 아버지와 형이 같이 살고 정수는 어머니랑 살면서 가끔 아버지를 찾아간다고 했다. 그 말이 반갑고도 참 마음 아팠다. 2007. 6.

제 이야기 풀어놓기

국어 시간 교실에 들어가서 아이들과 인사를 나누고 나면, 교과서 공부에 앞서 나는 자리를 비켜 주고 대신 그날 이야기를 마련해 온 아이가 앞으로 나와서 이야기한다. 학교에 오며 가며 겪은 이야기나, 학교 밖에서 동무들과 지낼 때 있었던 일이나, 자라온 이야기 가운데 한 도막이나, 식구나 동무한테 들은 이야기 같은 자기들 이야기를 풀어놓게 하였다. 내가 교과서를 들고 가르치면 엎어져 자던 아이도 자기 동무 이야기에는 귀를 기울인다. 풋풋하게 살아 있는 자기들 이야기라 귀담아듣고 그 이야기 속으로 끼어들기도 하고, 이야기를 재미있게 잘하는 아이보고는 하나 더 하라고 조르기도 한다. 자기 차례인데 미처 이야기를 준비 못 해 오거나 시시한 이야기를 하면 반 동무들한테 원망을 들어야 한다. 그러니 내가 챙기지 않아도 자기들끼리 알아서 잘한다.

처음 몇 번은 그냥 듣고 넘겼다. 그런데 몇 번 듣다가 보니 한 번 듣고 흘려버리기엔 참 아깝다는 생각이 들었다. 그래서 녹음기를 들고 들어갔다. 이야기는 남이 귀담아들어 주기만 해도 신이 나는 법인데, 자기 이야기를 녹음해서 담아 둔다고 하니 더 신이 나는 모양이다. 아이들 이야기를 들으면서 나도 모르게 아이들 이야기에 빠져들기도 했다. 아이들과 참 많이 웃었다. 아이들과 한바탕 웃고 나면 교과서 공부도 술술 잘 풀린다.

나는 주로 아이들 이야기를 들어 주는 쪽이지 가르친 것은 거의 없다. 내가 이야기를 어떻게 하라고 열을 내어 말하는 것보다 자기 동무가 해 주는 생생하게 살아 있는 이야기 한 자리가 더 효과가 있었다. 다만 무슨 연설하듯이 폼 잡고 하지 말라고 했다. 평소 동무들한테 이야기할 때같이 자연스럽게 하라고. 그리고 늘 쓰는 자기 말과 자기 목소리로 이야기하라고 했다. 그랬더니 아이들이 "존댓말 써야 돼요?" "반말해도 돼요?" 하고 물었다. 그것도 하고 싶은 대로 하라 그랬다.

이렇게 교실에서 이야기판을 벌이다가, 가을이 되면 그 가운데 이야기를 잘한다 싶은 아이들을 따로 모아서 교내 이야기대회를 연다. 반마다 한두 사람씩 이야기꾼이 나오고, 몇몇 반은 방청석에 앉아서 이야기를 재미있게 들어 준다. 교내 대회에서 뛰어난 아이는 전국중고등학생 이야기대회 부산 예선에 내보낸다.

아이들 글을 정성껏 읽어 주는 것이 가장 좋은 글쓰기 가르침이듯이, 아이들 이야기를 귀 기울여 들어 주는 것이 가장 좋은 말하기 가르침이다. 그리고 이야기는 조용한 가운데 한껏 분위기를 돋우어서 해야 맛이 난다. 큰 강당에서 하면 분위기가 한데 모이지 않아 이야기하기가 힘들다. 큰 교실이나 의자가 있는 작은 강당이 제격이다.

녹음한 아이들 이야기를 다시 들어 보고 제법 이야기를 잘 풀어놓았다 싶은 것은 모두 입말 그대로 옮겨 적어서 문집에 실어 주었다. 그 가운데 몇 편 내보일까 한다.

1학년 4반에 김우형입니다. 저는 중학교 3년, 중학교 마지막 겨울방학 때 있었던 일을 이야기할라 하는데요. 제가 겨울방학 때 뱃살이 좀 많이 나왔거든요. 그래서 제가 살을 좀 뺄려고 사직야구장 홈플러스 새로 생긴 데에 스쿼시를 배우려 다녔는데요. 제가 거기에 저 혼자 다녔거든요. 그래서 친구도 없고 해서 거기서 친구도 좀 사귀야겠다 생각하고 딱 갔는데, 저랑 굉장히 성격이 비슷한 친구가 한 명 있었어요. 활발하고. 그래서 그 친구랑 친해질라고 약간 오버도 하고, 친해질라고 막 옆에서 친한 척하고 이래싸 갖고 좀 친해졌거든요. 그 친구랑 전화로 불러내서 피시방도 가고 또 스쿼시 끝나고 같이 목욕도 하고 뭐 이런 식으로 같이 놀았는데 이제 스쿼시 하는 날이 마지막 날이 되었거든요. 이제 헤어져야 되잖아요. 그러니까 이제 못 만나잖아요. 그래 제가 전화번호를 물어봤거든요. 친구한테. (여자예요?) 아니 남잔데요. 예, 그래 갖고 그 친구 전화번호 적고 그 친구도 적고. 제가 만약에 그 친구가 고등학교 올라가서 축제가 되면 제가 갈 수 있을 것 같아서 그 친구 학교를 물어봤어요. 예, 학교를 물어봤는데, 그 친구가 자신 있게 과학고라는 거예요. 그런데 그 친구는 생긴 걸 보니까 굉장히 공부 잘하게 생겼어요. 그래서 저도 그걸 믿었거든요. 설마 해서 임시 소집일 언제 했냐 물어보니까 자신 있게 딱 대답하는 거예요. 우아, 대단하다. 저 친구 대단하다. 이래 생각하고 있었는데 그 친구도 인제 저한테 학교를 물어본 거예요. "야, 니무슨 학콘데?" 이렇게 딱 하니까, 저도 이제 오늘 보고 말건데 좀 멋있게 나가 보자 이래 갖고 저도 국제고라 했거든요. 예, 저도 멋있게 국제고라 했어요. 그래서 그 친구가 제가 국제고라 하니까 처음에 안 믿는 눈치였는데 제가 또 거짓말 잘하거든요. 그래서 거짓말로 어떻게 속여서 그 친구를 믿게 했어요. 예, 그래서 저는 이제 그 친구와 헤어지고 이렇게 1학년 돼 갖고 고등학교로 올라왔는데, 그 과학고 간 친구가 제 짝지였습니다.

/ 부산상고 1학년 김우형 2004년 11월 18일 교내 이야기대회

한 아이는 과학고로 간다고 하고 또 한 아이는 국제고로

간다고 했는데, 고등학교 입학하고 보니 부산상고에서 둘이 만났다. 그것도 같은 반이 되어 짝지로 만난 것이다. 이야기 반전이 참 좋다. 우형이와 친구 승현이는 3년 동안 정다운 친구로 지내다가 졸업했다. 이야기는 사람 마음을 풀어 주는가 하면, 또 사람과 사람을 이어 주어 서로 한데 어우러지게 하기도 한다. 그래서 참된 소통을 이루는 힘을 지녔다.

제가 병원에 입원해 있었을 때 일인데 제가 고1 때 귀 수술을 해서 병원에 있었습니다. 그때 중앙병원에 입원해 있었는데 중앙병원에 계시는 분이 우리 어머니 친구라서 저는 특실에 저 혼자 입원해 있었습니다. 거기 두 명이 쓰는 특실을 저는 저 혼자 누워 쓰고 있었는데 편안히 누워서 텔레비전도 보고 잘 놀고 있었는데 맨날 제가 닝겔을 맞고 하는데 어느 날 간호사가 아닌 다른 사람이 들어왔습니다. 보면 병원에 실습을 나오는 간호학원 학생들이 있는데 모두 예쁘고 키도 크고 다 그런데 제 병실에도 실습생 한 명이 배정되었습니다.
맨날 주임 간호사가 들어오다가 그날은 그 실습생이 제 병실에 들어왔는데 닝겔을 갈아 주러 들어왔습니다. 닝겔병이 다 됐으니까 그걸 빼고 제 팔에 이제 닝겔을 꽂으려고 팔을 걷었는데 이 간호사가 실습생이라서 그런지 제 핏줄을 찾지를 못하고 한 10분 동안 여기저기를 뒤지다가 바늘을 찔렀는데 바늘을 찌르는 순간 다른 간호사들은 찌르면 물약이 잘 들어가는데 이 간호사는 찌르는 순간 피가 호스를 따라 쭈욱 역류를 해서 올라가더니 닝겔병까지 올라갈려고 하는 겁니다. 그래서 간호사가 놀래서 어머! 어머! 그러면서 호스를 손으로 탁 쳤는데 순간 호스가 바늘에서 빠지면서 피가 밖으로 쫘악 분출해 나오기 시작했습니다. 피가 그냥 나오는 게 아니라 이게 동맥 혈관에 찔려 있으니까 그대로 벽면에 피가 쫘악 뿌려지면서 벽에 쫘악 피 무늬가 그려졌는데, 그런데 간호사는 그러면 호스를 다시 꽂아 줄 생각을 해야 되는데 휴지를 뽑아 벽만 닦고 있는 겁니다. 그래가 제가 간호사를 보고 이거 안 꽂아 주냐고 물어보니까 제 말을 듣지도 못하고 계속 벽만 닦고 있었습니다. 그래서 그냥 제가 호스를 잡아서 꽂고 약을 조절했습니다. 그러니까 나중에 간호사가 그제서야 정신을 차리고 "죄송합니다" 말을 하더니 밖으로 나갔습니다.

그리고 거기서 저 혼자 생각할 때 저 간호사한테 걸리면 고생 좀 하겠구나 생각을 했는데 얼마 뒤 혈압을 재러 누가 들어왔는데 또 그 간호사가 들어왔습니다. 그런데 지금까지 혈압을 재면은 여기(팔뚝) 묶는 걸로 묶어 놓고 한 번 바람을 넣은 다음에 바로 얼마라고 적고 나가는데 그 간호사는 여기(팔뚝)를 묶더니 한 열댓 번을 바람을 넣었다 뺐다 넣었다 뺐다 그러더니 한참 재고 나서 맥박 한 번 잡았다가 시계 보고 또 한 번 쟀다가 맥박 잡고 시계 보고 하더니 간호사가 근 40분 동안 혈압을 쟀습니다. 한참 40분 동안 혈압을 재고 겨우 이 판에다가 뭘 적고 나가더니 조금 있으니 주임 간호사가 같이 들어왔습니다. 그러더니 주임 간호사가 다시 혈압을 재더니 그 간호사 머리를 판대기로 슬쩍 때리면서 "40이나 높잖아?" 그러면서 머리를 한 대 쳤습니다. 그러자 간호사가 또 저보고 "죄송합니다" 그러고 나갔습니다.

그리고 그날 저녁이 거의 다 됐을 때 제가 주사를 맞았는데 그 간호사가 주사기를 들고 들어왔습니다. 그래서 내심 불안한 마음에 뭔가 좀 느낌이 불길했는데 아니나 다를까 지금까지 늘 닝겔병에 놓던 주사를 갑자기 저보고 엉덩이를 내라고 그러는 겁니다. 아, 지금까지 닝겔병에 계속 맞았는데 왜 엉덩이를 맞아야 되는지 이유를 몰랐는데 그래도 일단 주사를 맞았습니다. 그러고 간호사가 나갔는데 조금 있으니까 오른쪽 다리가 뭐가 뻣뻣해 오기 시작하는데 영 느낌이 이상했습니다. 나중에는 무릎을 굽히고 싶어도 무릎이 굽혀지지 않고 엉덩이부터 돌처럼 딱딱해지더니 움직일 수가 없었습니다. 그래서 제가 실습생을 부르니까 주임 간호사가 같이 올라오더니 상황을 보더니 알고 보니까 그 주사가 옆방 환자에게 놔야 될 주산데 제가 맞았다는 것입니다. 그래서 저는 근 두 시간 동안 기다렸다가 겨우 다리가 풀렸는데…

/ 부산고 2학년 류영진 2001년 11월 9일

영진이가 한 시간 내내 이야기하는 바람에 이날 교과서 공부는 못 하고 말았다. 이야기가 길어 다 옮기지 못하고 줄였다. 정작 큰일은 뒤에 일어난다. 귀 수술을 해서 귓속에 박힌 고름주머니를 들어내는데, 이때는 주사 마취가 아니라 호흡 마취를 했다. 그런데 마취 담당이 또 그 실습 간호사였다. 고름주머니를 들어내자 피가 엄청나게 뿜어져 나왔고, 피를 보자 실습 간호사는 어쩔 줄 몰라 우물쭈물했고, 피가 저렇게 많이 나는데 얼마나 아플까 싶어 호흡 마취하는 손잡이를 쭈욱 올리게 되었고, 영진이 몸은 돌덩이처럼 굳어갔다. 수술하던 의사가 칼 닿는 느낌이 달라 돌아보았을 때는 이미 한발 늦었던 것이다.

만약 영진이가 이 이야기를 글로 썼더라면 어땠을까? 이만큼 이야기가 길어지지도 않았고 재미도 덜했지 싶다. 듣고 있는 아이들이 모두 이야기 속으로 빨려 들고, 여기저기서 웃음보가 터져 나오자, 이야기하는 영진이도 덩달아 신이 나서 시간 가는 줄 모르고 한 시간 동안이나 이야기가 이어진 것이다.

아이들 이야기를 가만히 들어 보면, 입말은 문장으로 이어 가는 글말과 또 다른 질서를 지니고 있다는 것을 알 수 있다. 글말과 달리 입말은 짧은 말마디로 이어 간다. 문장으로 따지면 말이 안 되지만, 말마디로 자연스럽게 이어 가는 것을 보면 입말은 입말대로 참 기막힌 질서를 지녔구나 싶다. 그것을 섣불리 글말 질서를 가지고 가르치려 들어서는 안 되겠다. 그리고 입말로 하는 이야기는 '꾸미는 꼴'보다 '푸는 꼴'을 더 많이 쓴다.[*]

(가) 옛날에 젊었을 때 남편을 잃고 아들이랑 며느리랑 같이 사는 한 할머니가 살고 있었어.

(나) 옛날에 한 할머니가 살았는데 그 할머니는 젊었을 때 남편을 잃고 아들이랑 며느리랑 같이 살고 있었어.

(가)는 꾸미는 꼴이고 (나)는 푸는 꼴이다. 우리 옛이야기를 살펴보면 말법이 모두 푸는 꼴이다. 말할 때 꾸미는 꼴로 하면 듣고 있기가 여간 답답하지 않다. 그런가 하면 푸는 꼴

[*] 서정오, 《옛이야기 되살리기》 보리, 2011년, 76-80쪽 참조.

은 마치 얼레에서 연실이 풀려나가듯 시원시원하다. 영진이
가 한 이야기 한 도막을 살펴보자.

제가 병원에 입원해 있었을 때 일인데/ 제가 고1 때 귀 수
술을 해서 병원에 있었습니다./ 그때 중앙병원에 입원해
있었는데/ 중앙병원에 계시는 분이 우리 어머니 친구라
서/ 저는 특실에 저 혼자 입원해 있었습니다.

영진이 말법은 푸는 꼴이고 짧은 말마디로 이어 간다. "병
원에 입원해 있었다"는 바탕말을 먼저 해 놓고, 왜 입원해
있었는지, 그 병원이 어느 병원인지, 어떤 병실에 있었는지,
차례로 풀어 나간다. 이것을 글로 썼더라면 아마 이렇게 썼
지 싶다.

저는 고1 때 귀 수술을 하게 되어 우리 어머니 친구분이
계시는 중앙병원 특실에 저 혼자 입원해 있었습니다.

이야기하기에 앞서 미리 대본을 써서 외워 오는 아이들
말법이 대개 이렇다. 달달 외워서 티 안 나게 감쪽같이 외워
왔어도 이야기를 듣는 아이들과는 따로 겉도는 느낌이다.
이야기는 이야기대로 푸는 가락이 있는데, 이야기하는 사람

이나 듣는 사람이나 그 가락에 올라타지 못하고 만다.

제가 해 드릴 이야기는 '장인뿐인 줄 아나'라는 옛날이야기입니다. 한 농사꾼이 장에 갔다 오는 길에 중 한 사람을 만났는데 그 중이 큼지막한 보따리를 들고 신바람을 쌩쌩 내며 걸어가기에 "스님께서 무엇을 사 가지고 가십니까?" 라고 물으니, "오늘 장에 좋은 양고기가 나왔지 뭔가. 갖은 양념 쳐서 구워 먹으려 사 간다네." "아니 스님께서도 고기를 드십니까?" 농사꾼이 깜짝 놀라 이렇게 물으니, 중이 몹시 당황했던지 얼버무린다는 것이 "아니 누가 고기를 먹고 싶어서 먹나. 절에 좋은 술이 있지 뭔가. 술안주로야 양고기가 제일이지. 그래서 조금 샀다네." 이러는구나. "그럼 스님께서도 술을 드시나요?" 농사꾼이 더 놀라서 이렇게 물었겠다.

중은 또 실수했구나 싶었던지 얼른 둘러대는데, "아, 그게 아니라 절에 손님이 와 계시지 않겠나. 중이야 술은 안 먹지만 손님 대접까지야 안 할 수야 없지 않은가?" "그렇군요. 어떤 손님이신지 귀한 분인가 보군요?" 농사꾼은 고개를 끄덕이고, 한고비 넘긴 중은 입에서 신바람이 나는구나. "귀하다마다. 오랜만에 장인이 오지 않았겠는가." 듣고 보니 점입가경이라 농사꾼이 되물을 수밖에. "아니

방금 장인이라고 하셨습니까?" "장인뿐인 줄 아나. 장모도 와 있는걸." "예에, 그게 정말입니까?"

/ 부산상고 황영학 2004년 11월 17일 교내 이야기대회

영학이는 이야기대회에 나와 우리 옛이야기를 했다. 그런데 책에서 읽은 옛이야기를 그대로 외워서 마치 글 읽듯이 했다. 이야기할 거리를 미리 글로 써 오지 말라고 그렇게 일렀는데 어쩌다가 한두 명이 미리 써 오는 경우가 있다. 써 온 것을 보고 읽거나, 슬쩍슬쩍 보면서 말하거나, 외워 와서 쓴 대로 따라가면서 말하거나 모두 이야기 맛이 죽어 버린다. 생생한 맛이 없고 듣는 아이들과 따로 노는 느낌이 들었다. 굳이 막힘없이 술술 말을 잘할 필요가 없다. 좀 더듬거려도 그것대로 맛이 나고 뜨듬뜨듬 어눌하게 해도 그것대로 맛이 난다. 제각기 자기 목소리를 살려서 말하도록 도와주어야 한다. 마치 군대 보고하듯이 씩씩하게만 말하는 아이들도 있는데 귀에 거슬렸다.

중1 여름방학 때 사촌 형하고, 사촌 형들하고 밀양에 있는 송백강에 놀러 갔었단 말이야. 준비 다 해서 차 타고 도착했는데 장마철이라서 사람 별로 없데. 일단 텐트 치고 바로 물에 들어갔단 말이야. 거기 강 수심이 좀 깊어 갖고

잠수하면서 놀았거든. 한참 놀고 있는데 내 레이더망에 존나이 잘 빠진 누나들이 딱 들어오데. 그래 보니까 고2쯤 보이는 누나들이데. 좋아 갖고 그 누나들 주위에서 빙빙 돌면서 놀았거든. 계속 놀다가 누나들 나가데. 그래 나도 나가 갖고 수박 좀 먹어 보라고 갖다주었거든. 갖다주니까 누나들이 막 좋아하면서 잘해 주데. 그래 갖고 누나들하고 같이 밥도 먹고 수영도 같이하고 놀았거든. 나중에 밤이 돼 갖고 잘라고 하는데 누나들이 다슬기 잡으로 가자데. 그래 갖고 통 하나 들고 후라쉬 들고 수심 좀 얕은 곳에 가 갖고 잡고 있었는데 내 신발이 자꾸 벗껴지 갖고, 신발이 벗껴지 갖고 떠내려가데. 강 물살이 좀 세 갖고 빠르게 떠내려가는기라. 나는 수영을 하고 쫓아가고 있었는데, 발을 헛디디 갖고 물에 빠졌단 말이야. 물살이 세 갖고 나도 떠내려가데. 그런데 차마 그 누나들 앞에서 쪽팔리게 살려 달라고 못 하고. 쪽시러워서 될 대로 되라는 식으로 떠내려갔거든. 컴컴하고 막 아무도 없고 막 정말 쫄이데. 내가 처음에 떠내려온 곳이 저 강 상류 쪽이었는데 떠내려오다 보니까 강 하류 쪽까지 왔데.

그런데 갑자기 옆에서 마악 누가 잡아땡기는 거라. 난 막 귀신인 줄 알고 죽을 똥 살 똥 하고 막 도망갈라 했거든. 그런데 누가 옆에서 "큰 거다 큰 거. 이거 함 잡아 봐라."

이라데. 보니까 밤낚시 하는 아저씨들 같데. 알고 보니까 그 바늘, 낚싯바늘이 내 옷에 걸리 갖고 막 내가 끌리가고 있는 거야. 막 불쌍한 표정 지으면서, 계속 막 힘주고 있었는데. 아저씨들이 막 이상하게 느꼈는지 막 후라쉬 비차 보데. 그래가 내 모습 보고 그 아저씨 기절해 갖고 119 불러 갖고 실리 갔거든.

그다음에 그 아저씨 우째 되었는지 모르고. 다음 날 돼 갖고 날씨가 좀 꾸리하데. 천둥 번개 막 치고 막 폭우 쏟아지고 그라데. 사촌 형들하고 텐트 안에 있었는데 갑자기 텐트가 막 구르데. 한 세 바퀴 굴렀는데 구르는 동안 내 자갈에 부닥치 갖고 쌍코피 막 흐르데. 완전 개판이었거든. 텐트 좀 약하게 치 갖고. 누나 쪽도 마찬가지일 거 같데. 그래 갖고 비 맞으면서, 비 맞으면서 그 철수하고. 결국은 1박 2일 만에 집으로 돌아왔거든. 그런데 그때 그 누나들 중에 한 명하고 사촌 형하고 눈 맞아 갖고 아직까지 사귀고 있다.   / 부산고 1학년 장기준 2000년 4월

재미난 이야기일수록 이야기를 듣는 중간에 더러 끼어들기도 한다. "뭘 봤는데?" "좀 조용히 하고 듣자" "뭔데? 빨리 말해라" 하면서 추임새를 넣어 준다. 기준이가 이야기할 때도 아이들은 기준이 이야기에 사로잡혀, "뭐라고 누나들이

랑 같이 잤다고?" "아! 은근히 웃기네" 하면서 자기도 모르
게 불쑥불쑥 한마디씩 내뱉었다. 가로막기보다 오히려 흥을
더해 준다 싶어 막지 않는다. 드문 일이긴 하지만 간혹 다른
아이 이야기를 듣고 나서 자기도 비슷한 경험을 이야기하고
싶다고 손들고 나오는 아이도 있었다.

　기준이는 몸짓이나 얼굴 표정을 지으며 온몸으로 이야기
했다. 낚싯바늘에 걸려 끌려갈 때, 안 끌려가려고 버티는 몸
짓과 그때 표정까지 되살려 보여 주기도 했다. 녹음한 이야
기를 옮겨 적으면서 그것까지 다 살릴 수는 없었다. 글로 옮
긴다는 것은 벌써 듣는 사람이 아닌 읽는 사람을 생각하고
있기에 입말에서 한 걸음 떠나서 글말 쪽으로 기울어진 것
이다. 아무리 잘 붙잡아 적는다고 해도 이야기하는 사람이
말하는 사이사이에 잠깐 뜸을 들이는 거라든지 목소리에 실
린 감정 같은 것은 도저히 잡아낼 수가 없었다.

　저는 제 친구 중학교 때 일을 얘기해 드리겠습니다. 중학교
때 제 친구 학교 선생님 중에서 그 기독교 그거를 아주 믿
는 선생님이 계셨는데, 애들 보기만 하면 맨날 기도를 해
주는 그런 선생님이 있다고 하였습니다. 하루는 제 친구 반
에 들어와서 제 친구의 친구에게, 성깔이 좀 있는 앤데 그
애한테 기도를 해 주겠다고 뭐 하느님 아버지 뭐 축복이 어

쩌고 그런 말을 하고 있는데 내 친구의 친구가 "아이 또 시작이가" 막 이랬는데 여선생님이 하는 말이 "이런 악의 무리 같으니, 하느님의 축복을 받지 못한다" 막 이래 말했습니다. 그래 그 친구가 나가면서 하는 말이 "에이씨, 나무아미타불" 이라면서 나갔다는 그런 얘기가 있었습니다.

/ 부산고 2학년 이민우 2002년 6월 4일

그게 아니고 민우가 한 이야기를 제가 다시 하겠습니다. 주현이라는 제 친구가 있었는데 그 친구는 성격이 다혈질이고 성질이 더럽고 양아치였습니다. 그래서 어 우리 중학교 때 영어 선생님이 절실한 기독교 신자셨는데, 학교에서도 선생님을 하시고 교회에서도 선생님을 하셨습니다. 그래서 저도 맨날 복도에서 마주치기만 하면은 "경택아, 시간 있니?" 이래서 양호실로 끌고 가서 이상한 종이 쪼가리를 주시면서 예수를 믿으라면서 매일 저에게 강요를 하였습니다. 저는 복도에서 그 선생님을 마주칠 때마다 매일 피해 다녔는데, 일욜에도 저에게 교회에 나올 것을 요구하였습니다. 저는 그래서 마지못해 교회에 갔다가 빨리 왔었던 일이 있는데.
주현이라는 친구가 3학년 때 저랑 같은 반이었습니다.
수업 시간에 갑자기 예수 얘기가 나와서 주현이가 흥분한 나머지 선생님에게 "저 미친년 또 시작한다" 이랬는데, 주현이가 그렇게 사알 말했는데 선생님이 들은 것 같았습니다. 그래서 선생님이 와서 뭐라 했느냐 하면서 이렇게 꼬치꼬치 캐물었는데 "아아, 꺼지라" 이라면서 아주 심하게 반항을 하였습니다. 선생님도 너무나 흥분을 하여서 주현이의 뺨을 후려쳤습니다. 그러자 주현이는 너무나도 흥분한 나머지 가방을 들고 팍 뛰쳐나가는 거였습니다. 선생님도 너무 화가 나서 이렇게 멍하니 서 있는데, 다시 나갔다가 들어와서 하는 말이, 아 아닙니다. 아닙니다. 그래 주현이가 그어 반항을 하고 가방을 메고 나갈려고 하자 그 선생님이 이렇게 말했습니다. "예수의 이름으로 물러나라. 이 사악한 것아." 이렇게 말씀하셨는데 그 친구가, 그 친구가 나가면서 그 말을 들었는데 다시 그어 뒷문으로 들어오는 것이었습니다. 들어와서 하는 말이 "미친년 지랄하네. 나미아미타불 관셈보살이다." 이렇게 말했습니다. 그러자 선생님은 화가 너무 나 있었는데 그 말을 듣고 너무 황당해서 선생님이 웃어 버렸던 이야기가 있습니다.

/ 부산고 2학년 이경택 2002년 6월 4일

같은 이야기를 두 아이가 했다. 앞에 이야기한 민우는 친구한테 들은 이야기를 옮겼고, 뒤에 이야기한 경택이는 자기가 바로 옆에서 지켜본 일을 말했다. 경택이가 이야기를 훨씬 환하게 펼쳤다. 민우 이야기를 듣고 나서 그게 아니라고, 다시 해 보겠다고 스스로 나섰다.

시를 쓸 때는, 어느 때 어느 자리에서 본 한 장면을 또렷하게 그려서 써야 한다. 언제나 겪는 일처럼 쓰면 시가 안 된다. 그런데 이야기는 속살을 빠뜨리지 않고 환하게 펼쳐야 한다. 누구와 부딪힌 일인지, 언제 어디서 일어난 일인지, 무슨 일이 벌어졌고, 그 일이 왜 일어났는지, 그래서 어떠한 곡절 끝에 어떻게 결말이 났는지 빠짐없이 말해야 한다.

요즘도 교실에서 아이들에게 이 이야기를 들려주곤 한다. 그러고는 주현이랑 선생님 두 사람 중에 누가 더 잘못한 것 같으냐고 물어본다. 아이들은 모두 주현이 편을 든다. 자기 학교에도 그런 선생님이 있었는데 정말 괴로웠다면서. 그런가 하면 선생님을 감싸고 나오는 아이도 있다. 아무리 그래도 선생님인데 너무 지나친 거 아니냐고.

저는 그냥 얘기 하나 해 드리겠습니다. 얼마 전에 시골에 사는 사촌 형이 우리 집에 왔습니다. 그래 가지고 우리 어머니가 "니 뭐 제일 먹고 싶노?" 그러니까 "피자요" 그랬습니다. 그래 가지고 어머니께서 저에게 돈을 주셔서 가까운 피자집에 가서, 피자집에 갔습니다. 그러니까 형이

가자마자 직원에게 "피자 줘" 하는 것이었습니다. 그래 가지고 직원이 "예에~" 그러니까 "아! 빨랑 피자 줘" 그러는 것이었습니다. 그래 가지고 직원이 "아니 피자 종류에는 이것이 있고 저것이 있고 여러 가지가 있습니다. 그러니까 여기서 고르세요." 그러니까 "아! 그냥 피자 줘" 그러는 것이었습니다. 그래 가지고 제가 피자를 살라면 피자 이름을 말해야 된다고 하니까 "아! 그러면 제일 비싼 걸로 줘" 그래 가지고 시켰습니다. 피자 제일 비싼 게 좀 큰데, 그것을 마지막까지 다 못 먹었습니다. 그래 가지고 형이 하는 말이, "니 이거 다 못 먹겠제. 우리 이거 집에 들고 가자." 그러면서 갑자기 후라이팬을 막 들고 피자집에서 나가는 것이었습니다. 그래 가지고 그 사람 많은 데를, 그냥 그 피자 후라이팬을 들고 집까지 왔습니다. 아직도 그 후라이팬이 우리 집에 있습니다.

/ 부산고 1학년 유정민 1999년 5월 10일

아이들 이야기를 들어 보니 끝말이 "~것이었습니다"가 많았다. 우리 옛이야기를 보면 끝말이 아기자기하다. 요즘 글말처럼 "~다" 하나로 끝맺는 경우가 없다. 이야기를 들려 주는 사람이 이야기에 끼어들기도 하고, 듣는 사람에게 묻기도 하고, 앞말을 받아 되감아 나가기도 한다. 옛이야기에서 이야기를 풀어내는 가락을 배우면 좋겠다.

❶ 끝말: ~할 판이야/ ~한다네/ ~하더래, 이러더란 말이
야/ ~했네/ 이러더래

❷ 끼어들기: ~하겠다는데 누가 마다할 리가 있나/ 아,
이런단 말이지/ 큰일이 나긴 났지 뭐/ 그러니 기가 찰
노릇이지/ 아닌 게 아니라 가니까 뭐가 있어/ 참 기가
막히거든/ 아, 듣고 보니 예삿일이 아니야/ 들어 보니
참 딱하거든/ 에라 모르겠다 그냥 갔지/ 일이 딱하게
된 거야/ 그러니 이거야 원

❸ 묻기: 제정신이겠어?/ 그러니 답답할 것 아냐?/ 그러
니 도리가 없지. 뭐 어쩌겠어?/ 안 그러면 어떡할 거
야? 엎질러 논 물인걸/ 그게 어디 쉬운 일인가?

❹ 되감기: 밤이 이슥해지더래. 이제 밤이 이슥해지니까/
겨우 목숨을 건져서 또 가는데, 가다 보니/ 쎄가 빠지
도록 온다. 쎄가 빠지도록 오다가 오다가 중간에/ 사람
이 문을 열면 구리가, 지동 같은 구리가/ 죽어도 못 가
게 허네. 못 가게 혀. 못 가게 허고 나를 잡고 허는 말이

이야기가 지닌 속성은 쭈욱 늘어서 풀어놓는 것이다. 그래
서 이야기하는 사람 마음속에 맺힌 것을 풀어 준다. 억울한

마음도 풀어내고, 삐끗 잘못해서 부끄러운 마음도 풀어 주고, 잘못해서 죄스런 마음도 풀어 주고, 혼자 품고 있기엔 아까운 가슴 벅찬 마음도 풀어 준다. 그리고 그런 이야기를 듣는 사람 마음까지도 함께 풀어 주는 재미와 맛이 있는 듯하다.

아이들이 쓴 글을 읽어 보아도 아이가 보이고 아이들이 어찌 사는지 알 수 있지만, 아이들 이야기를 듣다 보면 글쓰기와 또 다르게 아이들이 보이고 아이들 곁으로 한 발짝 다가서는 느낌이다. 아이들끼리도 그렇지 싶다. 이야기하는 아이는 자기 이야기를 풀어놓으니 신이 나서 좋고, 듣는 아이들은 같이 웃기도 하고 이야기에 끼어들기도 하면서 새로운 동무 모습을 느끼니 좋은 모양이다.

녹음해 둔 아이들 이야기를 옮겨 적으면서 이런 생각이 들었다. 우리 아이들이 말을 어떻게 하고 사는지 참 관심을 가져 보지 못했구나. 말하기 지도란 바로 아이들이 나날이 쓰는 말에서 시작해서 말을 가꾸고 삶을 가꾸는 쪽으로 나아가야 하는데, 우리는 그러지 못했구나. 말하기조차도 틀에 박힌 이론을 앞세워 지식이나 기능으로 가르치려 들었구나. 한번 걸러서 나온 글말보다 생생한 입말이 아이들 삶과 더 가까이 있구나. 아이들 입말을 그대로 담았다가 다시 들어 보고 또 그것을 글로 옮겨서 공부거리로 삼으면 좋겠구나. 2004. 12. 9.

참나무야 대나무야 옻나무야

내 어렸을 적 얘기 하나 할까 해. 어릴 때 살던 우리 마을 이름이 '메실'이야. 산골짜기란 뜻이지. 얼마나 산골이던지 전깃불도 없었어. 전깃불이 없으니 텔레비전 이런 건 구경도 못 했고, 모두 호롱불 켜고 살았어. 무슨 볼일이 있어 진주나 마산 이런 도시로 가 볼라치면 기차를 타야 해. 기차역까지는 어른들 빠른 걸음으로도 한 시간이 넘게 걸려. 버스도 안 다녔으니 늘 걸어서 다녔지 뭐.

메실이라는 동네에, 또 작은 마을로 갈라져 살았는데, 우리가 사는 마을은 '새터'고 우리 바로 웃마을은 '쇠밧골'이야. 새터는 새로 마을 터를 잡았다는 뜻이고 쇠밧골은 소방아골이란 뜻이지 싶어. 어릴 때는 그 뜻도 모르고 그렇게 들었는데 어른이 되어 생각해 보니 그래. 그런데 초등학교에 들어가니 그렇게 말 안 해. 메실, 새터, 쇠밧골 이런 이름은 없어지고 '하곡'이니 '신기'니 '동촌'이니 그렇게 말하더라. 그래도 길 가다가 혹 다른 동네 어른들이 "니 오데 사노?" 이래 물으면 "메실 삽니더", "새터 삽니더" 그랬다. 그 말이 더 저절로 나왔어.

우리 마을을 새로 터를 옮겨 잡았다고 새터라 했는데, 옛날에는 지금 사는 건너편 산자락, 그러니까 응달쪽에 마을이 자리 잡고 있었다고 해. 그러다가 응달이니까, 겨울에는 춥고 여름에는 덥고 하니까 지금 사는 양달쪽으로 동네를 옮긴 거야. 지금 우리 고향 집들은 모두 남향집이지. 겨울에는 따뜻하고 여름에는 시원하고. 이렇게 마을을 옮긴 것은 내가 태어나기 훨씬 이전 일이라서 그 사정은 잘 몰라. 왜 처음부터 지금 터에 집을 짓고 살지 않고 맞은쪽 응달에 집을 짓고 살았는지.

하여튼 내가 태어나 클 때는 모두 이사를 나온 뒤였는데, 그때까지도 이사 나오지 못해 그냥 응달쪽에 눌러살고 있던 집이 딱 두 집이야. 한 집은 배산골이라고 쑥 들어간 골짝에 있었고, 또 한 집은 모뭇골이라고 제법 깊은 산골짝이 있는데 거기 남아 있었어. 모뭇골 골짝에 나보다 나이가 한 살 적은 일근이란 아이가 살았는데, 하루는 우리 마을로 놀러 나온 거야. 늘 산골에서 혼자 식구들하고만 지내다 보니 심심해서 나왔겠지. 아주 가끔 한번씩 놀러 나왔다가 돌아가고 했는데, 자주 놀러 나올 수가 없었어. 그도 그럴 것이 모뭇골 골짝에서 우리 동네 새터까지는 아이들 걸음으로 한 시간 넘게 걸려.

그때가, 우리가 초등학교 들어가기 전이니까 한 예닐곱 살씩 먹었지 싶어. 모처럼 일근이가 우리 동네로 놀러 와서 우리 또래 아이들과 막 어울려 놀았지. 요즘도 그런 놀이 하는지 몰라. 돌 세워 놓고 멀찍이 서서는 돌을 던져 맞추어 넘어뜨리는 비석치기 말이야. 우린 그걸 말맞히기라 했는데. 그래 그 놀이를 하고 놀았는데, 놀다 보면 서로 자기가 옳다고 우기는 수가 많잖아. 막 떼까리 세우면서, 넘어갔느니 안 넘어갔느니, 죽었느니 살았느니 우기잖아. 그래 그 비석치기 하면서 놀다가 싸움이 붙은 거야. 모뭇골 일근이하고 우리 동네 춘근이하고. 처음에는 둘 다 자기가 옳다고 우기다가 끝내 싸움으로 번졌어. 어린아이들 싸우는 것 보면 몸으로 엉겨 붙어 싸우기만 하는 건 아니잖아. 입으로는 온갖 욕을 다 하잖아. 그래 먼저 춘근이가 욕을 하기 시작한 거야.

"야이 씨○놈, ○새끼야, ○만 새끼, 호○자석…."

이렇게 춘근이가 한바탕 욕을 끌어 붓자, 멍하니 듣고 있던 일근이가 맞서 대거리한다는 것이 이러는 거야.

"야이 참나무야, 대나무야, 밤나무야, 옻나무야, 감나무야."

모뭇골 일근이는 그때까지 욕이란 걸 몰랐던 거지. 한 번도 들어 본 적이 없으니까. 늘 보고 듣는 것이라고는 소나무, 대나무, 밤나무, 노루, 토끼, 새소리, 물소리, 바람 소리 이런 것뿐이었으니까. 자연에서 자란 아이 일근이 마음속에는 사람 때가 묻지 않은 자연이 고스란히 들어앉아 있었던 거야.

자라온 이야기 쓰기에 앞서 들려주는 내 자라온 이야기 가운데 하나다. 어린 시절 따뜻했던 그림 하나가 어른이 된 다음에도 사람답게 살아가는 힘이 된다고 믿는다.

2001. 3. 23.

아기 장수 이야기

우리 아버지는 힘이 장사였어. 무엇으로 뒷받침할 수 있냐고? 기록으로 남은 건 없지만 어릴 적 내가 본 아버지 나뭇짐 크기로 가늠할 수 있지. 우리 마을뿐 아니라 내가 걸어서 갈 수 있는 이웃 마을까지 다 둘러봐도, 우리 아버지 나뭇짐을 따를 사람이 없었거든. 어릴 적 아버지가 나무를 해서 지게에 지고 오는 모습을 멀리서 보면, 사람은 안 보이고 집채만 한 나뭇짐만 성큼성큼 걸어오곤 했어.

그리고 우리 어머니한테 들은 이야기도 하나 있고. 어릴 적 내가 살던 마을에 들판을 휘돌아 가로지르는 제법 큰 내가 하나 있었는데, 거기 징검다리가 있었어. 내가 초등학교 다닐 무렵 그 징검다리 대신 시멘트 다리가 생겼으니, 내가 아주 어린 시절엔 나도 그 징검다리를 건너다녔지. 그런데 한 해 여름 큰물이 져서 그 징검다리 돌 하나가 조금 떠밀려 내려갔다고 해. 힘깨나 쓴다는 마을 청년들이 둘씩 셋씩 달라붙어 돌을 제자리 갖다 놓으려 해 보았지만, 돌은 끄떡도 안 했지. 그때 우리 아버지가 나선 거야. "어라, 비키 봐라." 그러고는 그 돌을 달랑 들어서 제자리에 갖다 박았다는 전설 같은 이야기.

우리 마을 앞산 이름이 용봉산이야. 인근에서는 가장 높은 산이고, 신라 때 이름난 도선 스님이 명산으로 일찍이 점찍어 둔 산이란 걸, 커서 대학 다니면서 어느 신문에서 읽었어. 진주 시내에 있는 비봉산과 진성면에 달음산과 이반성면에 용봉산이 한 줄기로 맥이 이어지는 명산이라고. 우리 자랄 때 이 산을 어른 아이 할 것 없이 모두 용봉산이라 했는데, 초등학교 들어가니 교가 첫 구절에 용봉산이 아니고 영봉산이야. "영봉산 처마 아래 성지를 닦아." 중학교 들어가니 중학교 교가도 마찬가지야. "영봉산 푸른 정기 이곳에 모아." 그래도 나는 끝까지 용봉산이라 우겼고, 아직도 용봉산으로 기억하고 있거든.

그 용봉산에 이어져 내려오는 전설이 하나 있는데, 이것도 우리 어머니한테 들은 이야기야. 우리 어머니는 이야기꾼이었어. 겨울밤 마을 아낙네들이 모인 자리에서, 우리 어머니는 조웅전 이야기를 풀어서 마을 사람들을 울리기도 하고 웃기기도 하고 그랬거든. 전깃불도 없고 텔레비전도 없던 시절, 우리 어머니 조웅전은 듣고 또 듣는 연속극이었던 셈이야.

옛날, 아주 먼 옛날, 우리 동네에 금실 좋은 부부가 살았대. 이 부부는 사는 동안 단 한 번도 싸운 적 없이 사이좋기로 소문이 났지. 큰 부자는 아니어도 살림이 제법 넉넉하여 먹고사는 데 모자람이 없었어. 살림도 그만하고 부부 사이도 좋고, 다 좋은데 걱정이 하나 있었어. 부부 나이 오십이 넘도록 자식이 없었거든. 그래도 애가 안 생기는 걸 사람 힘으로 어쩔 수 없으니 그러려니 하고 살았는데, 하루는 이 집에 스님이 시주 얻으러 왔어. 살림이 그런대로 살 만하였기에 보리쌀 대신 쌀을 한 바가지 떠서 시주하였는데, 그 스님이 대뜸 한다는 말이 글쎄,

"이 집에 걱정이 하나 있지요?"

"스님께서 그걸 어째 아십니까?"

"우리 암자에 와서 천일기도를 올려 보시지요."

"스님 계신 절이 어딘지요?"

"성전암이올시다."

이 부인이 심 봉사 눈 뜨듯이 눈이 번쩍 뜨였지. 이튿날 당장 성전암을 찾아갔대. 성전암은 재 너머에 있는 꽤 유서 깊은 암자야. 내가 초등학교 다닐 때 거기 자주 소풍 가던 곳이기도 하고. 새벽같이 일어나 목욕재계하고 달려간 거지. 옛날에는 조상 제사 모실 자식을 얻는 일이 뼛속 깊이 사무쳤거든. 대를 이을 자식을 못 낳으면, 조상 제사 모실 양자를 들이는 일도 흔했으니.

맑으나 궂으나, 비가 오나 눈이 오나, 하루도 거르지 않

고 지극 정성으로 기도를 드렸어. 그러구러 즈믄 날이 가까워지자 정말 태기가 있더래. 뱃속에 아기가 생긴 거지. 배가 점점 불러 오고 어느덧 달이 차고 아이가 태어났어. 보니 사내아이야. 이 부부가 얼마나 기쁘겠어. 좋아 죽을 판이야. 그런데 이 아이가 난 지 사흘 만에 뚜벅뚜벅 걷네. 놀라 자빠질 일이지. 그러더니 닷새가 지나니 이번에는 말을 하네. 이 부부가 그만 입이 딱 벌어져 안 다물어지네.

모심기 철이 되어 부부가 골짝 논에 모를 심으러 갔대. 이제 갓 태어나 막 삼칠일 지난 아이도 데리고 갔지. 아이는 논 가에서 혼자 놀고 부부가 모를 심는데, 모 한 포기 꽂고 애 한 번 쳐다보고, 또 한 포기 꽂고 애 한 번 쳐다보고, 그러면서 모를 심었어.

그때 저 멀리서 다그닥다그닥 흙먼지를 일으키면서 말 탄 장수 하나가 비호같이 달려오더래. 갑옷을 입고 머리에는 투구를 쓰고 시퍼런 칼을 들고 아이 앞에 나타난 거야. 나타나서는 아이 목에 칼을 겨누고는 부부에게 소리 지르기를,

"너희 부부가 지금까지 심은 모 포기 수를 못 알아맞히면 이 아이 목을 베겠다."

이게 뭔 마른하늘에 날벼락이람. 부부가 와들와들 떨면서 싹싹 빌었어.

"장군님, 살려 주십시오. 우리 부부는 지금까지 살면서 남

을 해코지한 적도 없고, 욕심을 부려 남의 것을 탐낸 적도
없고, 그저 착하게 살아왔습니다. 살려 주십시오. 제발 살려
주십시오."

"말이 많다. 내 물음에 답을 하거라. 답을 못 하면 아이 목
을 베겠다."

바로 그때 이 아이가 나선 거야.

"장군님!"

"뭐냐?"

"장군님이 먼저 제 물음에 답을 하신다면 저도 장군님 물
음에 답해 드리겠습니다."

"그래. 물어보아라."

"장군님이 이제까지 달려오신 말발굽 수를 알아맞히시면
저도 우리 어버이가 심은 모 포기 수를 말씀드리겠습니다."

"오늘은 내가 졌다!"

그러고는 두 말도 하지 않고 돌아가더래.

이 부부가 또 한 번 입이 딱 벌어져 말이 안 나오네.

늘그막에 대를 이을 자식을 얻은 것만 해도 가슴 벅찬데,
사흘 만에 걷지를 않나, 닷새 만에 말을 하지 않나. 거기다
가 이번에는 지혜롭기까지 하니.

집으로 돌아온 아이가 어머니를 부르고는 부탁이 있다
고 해.

"어머니, 뒷날 꼭 쓸 데가 있으니 더도 말고 덜도 말고 콩 온 개를 볶아서 비단 보자기 싸서 잘 간직해 주세요."

누구 부탁이야. 어머니가 노랑 메주콩 백 개를 한 번 헤아리고, 또 헤아리고, 또 한 번 헤아려서 삼세판 백 개를 확인하고, 큰 가마솥에 불을 때고 볶았어. 기다란 주걱으로 휘휘 저으면서 볶다가 이게 제대로 볶아졌나, 하고 아무 생각 없이 하나를 집어 깨물어 먹은 거야. 그러고는 비단 보자기에 싸서 어머니만 아는 곳에 잘 숨겨 두었지.

그랬는데, 얼마 지나지 않아 전에 그 장수가 또 말을 타고 달려와. 그런데 이번에는 칼이 아니고 활이야. 그걸 본 아이가 바삐 어머니를 찾았어.

"어머니, 어머니!"

"왜 그러느냐?"

"어머니, 제가 전에 말씀드린 콩!"

"오냐. 여기."

아이가 보자기를 펴 보니, 아뿔싸! 이 일을 어쩌누. 콩이 아흔아홉 개뿐이야.

"어머니!"

"왜?"

"어머니, 제가 오늘 죽을 운수입니다. 제가 죽더라도 너무 슬퍼 마시고, 제 목을 잘라 비단 보자기에 싸서, 서쪽으로 십 리를 가면 큰 못이 하나 나올 텐데, 거기다 빠뜨려 주세요. 그리고 이 일을 그 누구에게도 말해서는 안 됩니다."

다시 나타난 장수가 저 멀리서 말에 탄 채 활을 쏘는데, 첫 번째 화살이 피잉, 하고 바람을 가르고 날아와. 그러자 이 아이가 콩을 한 알 집어 들고 손가락으로 튕겨. 콩알이 날아가더니 화살에 그대로 부딪혀서 화살을 떨어뜨리네. 이럴 수가! 날아오는 미사일을 맞혀 떨어뜨리는 패트리엇 미사일이라고나 할까. 두 번째 화살이 바람을 가르자 두 번째 콩알을 튕겨 맞히고, 세 번째 화살이 날아오자 세 번째 콩알을 튕겨 맞혀 떨어뜨리네. 그렇게 화살 아흔아홉 개를 모두 떨어뜨렸어. 그런데 마지막 백 번째 화살이 날아오는데 이번에는 막을 콩이 없어. 그러니 어째, 그 화살에 맞아 죽었지.

그 어머니가 얼마나 슬펐을까. 울다 울다가 아이가 당부한 말이 퍼뜩 생각난 거야. 눈 질끈 감고 아이 목을 잘랐어. 비단 보자기에 싸서, 그길로 서쪽으로 십 리를 가니 아닌 게 아니라 커다란 못이 있어. 못 둑에 서서 비단 보자기를 던졌지. 보자기를 던지고 뒤돌아서 집으로 막 발걸음을 옮기는데, 그 장수가 또 나타난 거야.

"아이 목을 어쨌느냐? 바른대로 말하지 않으면 죽이겠다."

"저는 모릅니다. 모르는 일입니다. 제발 살려 주십시오."

"거짓말하지 마라. 아이 목을 숨긴 곳을 말하지 않으면 너희 부부를 둘 다 죽이겠다."

부부를 죽인다는 으름장에 어머니가 벌벌 떨면서 그만 아이 목을 못에 빠뜨렸다고 말해 버렸지 뭐야.

이 장수가 못둑으로 가더니 못둑에 서 있는 수양버들 나뭇잎 세 잎을 따서 하나씩 못에 던져. 세 번째 잎을 던지자 기적이 일어나네. 못물이 두 쪽으로 쩌억 갈라지는 거야. 물이 갈라져서 바닥이 보이자 거기 갑옷을 입고 투구를 쓴, 몸집이 아주 큰 장수 하나가 이제 막 꿈틀꿈틀 일어서는 거야. 막 일어서려는 장수를 이 나쁜 장수가 달려가서 칼로 목을 쳐서 죽였어.

그리고 그날 밤에 용봉산에서 날개가 달린 하얀 용마가 한 마리 내려와서, 온 들판을 뛰어다니면서 사흘 밤낮을 울부짖었대. 사흘을 울면서 주인이 나타나기를 기다려도 주인이 안 나타나자 스스로 못에 빠져 죽었대.

용마가 내려온 산이 용봉산이고, 용마가 주인 찾아 울부짖으면서 뛰어다녔던 들판이 용시들이고, 용마가 빠져 죽은 못이 용시못이야. 우리 고향에 가면 용봉산이 있고, 우리 고향 옆 동네에 용시들판이 있고, 용시못이 있어. 그러니까 용시못과 용시들은 우리 어머니 친정 동네 일반성면에 가면 있는데, 우리 동네와 그렇게 멀지 않아. 내 생각에, 우리 어머니 친정 동네 전설을 우리 동네 용봉산과 엮어서 나에게 들려주신 것 같아.

어때, 이야기 재미있지? 재미있다고 하면 안 되지. 이게 미의식으로 따져 보자면 '비장미'거든. 썩어 빠진 세상을 바로잡자고 나타난 아기 장수가 불의와 맞서 싸우다 떳떳하게 죽을 때 느끼는 슬픔을 비장미라고 해. 홍명희 작가가 쓴 소설 《임꺽정》에 보면, 도적 임꺽정이 평등 세상을 이루어 보겠다는 뜻을 품고 세상을 바꾸려다가, 책사 서림이가 등을 돌려 관군에게 지게 돼. 임꺽정이 관군이 쏜 화살에 맞아 죽는데, 화살이 수십 발씩이나 몸에 꽂혀 마치 고슴도치처럼 되어 울부짖으며 하얀 눈밭에 쓰러져 죽어. 그때 느끼는 슬픔이 비장미야. 우리 동네에 태어났던 아기 장수도 뒷날 임진왜란을 막아 줄 장수였는데, 안타깝게도 어머니가 등을 돌려 뜻을 못 이루고 죽고 말았지.

어린 시절 나는 씨름을 참 잘했어. 초등학교 4학년 때 중학생이랑 붙어도 내가 이겼거든. 내 주특기가 배지기인데 왼배지기로 들었다가 뒷무릎치기로 냅다 꽂으면 웬만한 덩치는 다 나가떨어졌어. 동네 어른들이 그런 나를 보고 장사 났다고 했어. 그럴 만도 한 게 우리 아버지 힘이 장사였지, 거기다 우리 집 앞산이 아기 장수 전설이 있는 용봉산이지.

그런데 나는 장사가 못 되고 교사가 되었고, 장사는 나 말고 다른 아이가 됐지. 용봉산 이쪽 자락은 이반성면 메실 용암이고, 반대편 자락은 같은 이반성면 길성이야. 그 길성에 진주 강씨네가 모여 살아. 그 동네가 천하장사 강호동이 태어난 곳이야. 강호동은 나보다 나이가 열세 살 적은데, 길성에서 나서 초등학교 때 마산으로 전학 가서 씨름 선수가 되어 천하장사가 되었지. 사람들은 몰라도 나는 알지. 강호동이 아기 장수 전설을 간직한 용봉산 정기를 받아서 천하장사가 되었다는 사실. 그리고 강호동보다 한 살 적은 장사가 우리 마을에도 났어. 프로야구 롯데팀 투수였던 손민한이라고 알려나. 손민한 선수는 내가 중학교 다닐 무렵 바로 우리 마을에서 태어났어. 얼굴빛이 까무잡잡한 애였는데 네댓 살 때 집이 부산으로 이사 갔어. 손민한은 어깨 힘이 좋은 투수였는데 묵직한 직구가 일품이었지. 사람들은 모르는 일이지만 나는 알지. 손민한도 용봉산 정기를 받아 어깨 힘이 좋았다는 사실. 2023. 3.

무엇이든 말할 수 있는 교실

글쓰기에 앞서 자유롭게 말할 수 있는 교실이 먼저다. 하고 싶은 말을 아무 거리낌 없이 마음껏 말할 수 있는 자유로운 교실이라야 살아 있는 글이 나온다. 말길이 트여야 글길도 열리는 법이다. 아이들과 함께 살아 있는 글쓰기를 부지런히 일구어 낸 선생님들은 한결같이 이 점을 힘주어 말한다. 이호철 선생님은 《살아 있는 교실》(보리, 2004년, 52쪽)에서 "교사는 아이들과 허물없이 가까워야 한다. 그래야만 아이들이 교사를 믿고 마음을 연다."고 하면서, 인사 먼저 하기, 점심 같이 먹기, 손톱 깎아 주기, 아이들과 같이 놀기, 생일 맞은 아이 업어 주기 같은 사례를 내보인다.

《학급혁명》을 읽어 보면, 고시니 겐지로 선생님은 자유로운 교실 분위기를 만들려고 온갖 마음을 다 쓴다. 아침 일찍 어느 아이보다 먼저 교실에 간다. 그리고 아이들에게 먼저 말을 걸고 반긴다. 학교에 일찍 가서는, 아이들이 학교에 오는 대로 교탁 위에 올려놓는 일기장을 받아서 그 전날 일기를 읽어 본다. 수업 전에 일기를 읽어 두어야 살아 넘치는 분위기에서 가르칠 수 있다고 생각한다. 아이들과 가까워지려고 손톱을 깎아 주기도 하고, 귀지를 파내 주고, 코를 닦아 주고, 귀에다 대고 소곤소곤 얘기할 때는 키를 그 아이보다 낮추고, 자기가 잘못했을 때는 아이들과 똑같이 잘못을 빈다. 이렇게 하여 아이들 눈만 보아도 아이들 마음을 읽을 수 있게 되었다고 한다.

나도 아침 교문에서 아이들을 만나면 먼저 인사를 하고 말을 건넨다. "성준아, 안녕" "영찬이, 아침 못 먹고 왔나 보구나." "현우야, 여자 친구랑 며칠째야?" "문근이, 오늘 기분 좋아 보이네." 또, 우리 교실에 들어서면 "얘들아, 안녕" 하고 큰 소리로 외친다. 처음에는 내가 말을 걸어도 아무 대꾸가 없었다. 그러다가 요즘은 내가 교실에 들어서면 나보다 먼저 여기저기서 인사 소리가 터진다. "안녕하세요?" 하기도 하고, 내 말투를 그대로 흉내 내서 "선생님 안녕?" 하기도 한다.

우리 교실 아침 자습 시간 분위기는 꽤 자유로운 편이다. 아침부터 웃음소리가 흘러나오고 떠들썩하니까, 옆 반 선생님이 인상 쓰고 왔다가 교실에 내가 있는 것을 보고는 머쓱해서 그냥 돌아서기도 한다. 하루 아홉 시간 공부하고, 저녁 먹고 또 두 시간 야간자습까지, 열 시간 넘게 공부할 텐데 공부 시작 전부터 숨 막히는 교실로 만들고 싶지는 않다.

우리 교실은 자주 이야기판이 벌어진다. 공부 시간에 내가 자리를 만들어 주기도 하지만, 자기들끼리도 수다를 떨

며 노는 모습을 종종 본다. 한번은, 저녁 시간 교실 앞 컴퓨
터 자리에 앉아 일을 하고 있는데 아이들끼리 이야기판이
어우러졌다. 돌아가며 선생님들 흉내를 내면서 깔깔대며 노
는 모습이 하도 재미있어 나도 일손을 놓고 구경했다. 틈만
나면 손전화를 붙들고 앉아, 누가 업어 가도 모를 정도로 게
임에 골몰하던 녀석들이 이야기 재미에 빠져서 노는 모습이
놀라웠다.

　공부 시간에 따로 이야기판을 열어 주어도 앞에 나와 곧
잘 자기 이야기를 풀어놓는다. 기환이는 자기 형 이야기를
했다. 형이 처음으로 여자 친구를 집으로 데려와 식구들한
테 얼굴 보이는 날이었다고 한다. 집 청소도 하고, 맛있는
음식도 마련하고 해서 형 여자 친구를 맞이했다. 형 여자 친
구가 집에 오자 기환이는 반갑게 맞이했다고 한다. "안녕하
세요?" 그런데 그 누나는 어찌된 영문인지, 인사를 받지 않
고 못 본 체하더라는 것이다. 지금 생각하니, 첫 방문이라
아마 몹시 떨었던 탓이었던가 싶다고 했다. 그렇지만 기환
이는 그만 마음이 상했다. 그래서 모두가 둘러앉아 밥을 먹
고 있는 자리에서 이렇게 말했단다. "형, 전에 왔던 그 누나
아니네." 기환이 이야기에 아이들이 모두 배를 잡고 웃었다.
그날 기환이는 형한테 오지게 맞았단다.

　평소 말수가 적은 훈민이는 어머니 이야기를 어렵게 꺼냈

다. 훈민이가 중학교 1학년 때 어머니와 아버지가 갈라서고 지금은 아버지와 산다고 했다. 고모들하고 어머니가 돈 문제로 크게 싸웠는데, 아버지가 고모 편을 드는 바람에 어머니가 집을 나가게 되었고, 그 뒤로도 일이 틀어져서 끝내는 헤어지는 지경까지 갔단다. 그때 당시 훈민이는 중학생이라 덜했지만 동생이 유치원 다닐 때라 크게 걱정이 되었다. 동생이 학교에 가서 친구들한테 엄마 없다고 놀림 받을 때 가장 가슴이 아팠다고 했다. 그래서 어린 동생을 잘 보살펴 주었고, 지금은 그 동생이 초등 4학년이 되어 잘 자라고 있다는 이야기였다. 훈민이 이야기를 듣고 아이들이 가만히 손뼉을 보내 주었다.

상우는 아버지 이야기를 했다. 아버지가 스마트폰으로 처음 '밴드'라는 곳에 들어가게 되었고, 그리하여 초등학교 동창들과 오랜만에 서로 연락이 닿게 되었고, 거기 밴드에 올려놓은 친구들 프로필을 아버지가 보게 된 것이다. 프로필에 약대 나온 친구를 보고서 아버지가 그랬단다. "와, 인마 이거 나보다 공부 못했는데." 또 은행 지점장 하는 친구를 보고는 "인마도 나보다 공부 못했는데." 지금 인쇄소를 꾸리는 아버지 말을 들어 보니 공부가 다가 아니구나 생각하게 되었단다.

이렇게 이야기를 꺼냈다 하면 한 시간이 금방이다. 시키지 않아도 자기도 이야기할 게 생각났다면서 손을 들고 나온다. 이야기를 나누다 보면 교실 분위기가 참 자유롭고도 따뜻해진다는 걸 느낄 수 있다.

4월이 되면 학급 일기 쓰기를 해 봐야지 하고 마음속으로 벼르고 있었다. 그랬는데 우리가 제주도로 수학여행 다녀온 바로 그다음 주에 세월호 사고가 났다. 처음에는 그저 안타까운 마음이었다가, 바로 눈앞에서 아이들이 죽어 가는 것을 보고도 나 몰라라 한 어른들에게 분노가 치밀어 올랐다. 이게 모두 우리가 아이들을 귀하게 여기지 않는 풍토 때문일 거라 생각하니 힘이 쑥 빠졌다.

4월을 넘기고 5월 중순이 되어서야 아이들 앞에 학급 일기 공책을 내밀었다. 몇 가지 단단히 일렀다. '이 공책이 낙서장이 되지 않았으면 좋겠다.' '학교 오며 가며 있었던 일, 공부 시간, 쉬는 시간, 저녁 시간, 또는 학원이나 집에서 겪은 이야기를 꾸밈없이 쓰자.' '일이 벌어진 시간과 장소가 또렷하게 드러나도록 꼼꼼하게 밝혀서 쓰자.'

그러면서 우리 반 준엽이가 쓴 글과 여학생 반 소이가 쓴 글을 읽어 주었다. 두 글은 문학 시간에 소설 공부를 하고 나서 '손바닥 소설' 쓰기 할 때 쓴 글이다. 준엽이는 겪은 일 하나를 잡아서 썼고, 소이는 사건을 붙잡지 못하고 생각만 늘어놓아 이야기글이 되지 못했다.

학교를 마치고 학원에 갔다. 엄마가 데려다주셨다. 그리
고 학원에 가서는 수업을 받았다. 항상 그렇듯이 마친 뒤
에 내 친구와 담배를 피웠다. 디스 아프리카. 더럽게 맛없
지만 주길래 그냥 피웠다. 피우면서 우리는 이야기를 했
다. 실업계에 다니는 걔와 중1 때부터 친구였고 지금도 절
친이다. 지금 내 여자 친구도 걔가 소개시켜 주었고, 여러
가지로 좋은 친구다. 중학교 때 공부를 안 해서 그렇지 머
리는 참 좋은 놈이다. 고등학교 선택에서 안정권에 못 든
그는 결국 실업계를 선택했으나, 막상 커트라인이 발표되
니 걔 성적보다 낮아도 인문계 갈 수 있었다. 아무튼 걔는
피우면서 말했다.

"학원 쌤이 말한 거 기억하나?"

"뭐?"

"실업계 가면 사람들이 무시한다고."

"그랬지."

"지금도 무시당하는 거 같다고 말했제?"

"누가 그러더노?"

걔가 담배를 후욱 빨더니 연기를 뿜으면서 말했다.

"너희 엄마가 그랬다더라."

나는 순간 헛웃음이 나왔다. 그리곤 한 번 쭈욱 빨고 크게

뱉으면서 말했다.

"진짜가?"

"어."

그러면서 자기 친구가 카톡을 보낸 대화 내용을 보여 주었다. 보자마자 나는 배신감이 올라오기 시작했다. 학원 쌤과 전화하는 걸 들었는데 그중에 그런 내용이 있었다는 것이다.

그 뒤로 나는 세 개피 정도 더 피웠고, 온몸에 담배 냄새가 배었다. 일부러 손도 씻지 않았으며, 12시 30분쯤에 집에 도착했다. 도착하자마자 가방을 던지고 화가 나서 벽을 찼더니 엄마가 나왔다. 왜 늦게 와서 시끄럽게 구냐고 했다. 난 엄마를 추궁했고 엄마가 결국 울었다. 담배 피우는 걸 밝힌 뒤에는 친구한테 엄마가 직접 전화로 사과했다. 짜증이 났고 그다음부터 나는 부모님 누구와도 차갑게 지낸다. 아무도 믿기가 힘들었다. 2014. 4. 3.

EXO / 연제고 2학년 이소이

요즘 아이돌계의 대세인 EXO를 엄청 혐오하여 이름만 들어도 싫어했었는데 주변 애들 중에 광팬들이 나타나니깐 더 싫어졌다. 그런데 이번 '중독' 노래를 듣고 처음에는 이게 뭔 노래고 했다가 이제는 노래만 나오면 애들이랑 춤추기 바쁘고, 집에서도 이 노래만 듣는 것 같다. 그 정도로 이 노래에 빠졌다. 그렇지만 EXO는 여전히 좋지 않다. 2014. 4. 3.

글을 읽어 주고, 두 글 차이가 무엇이냐고 물었다.

"준엽이 글은 재미있고, 소이 글은 재미가 없어요."

"그럼 준엽이 글이 왜 재미있을까?"

"장면을 자세하게 그려 냈어요."

"그래 바로 그거야. 사건이 있고, 사건이 벌어진 장소와 시간이 또렷하지. 글을 쓸 때 놓쳐서 안 되는 것이 때와 장소다. 언제, 어디서 벌어진 일인지 때와 장소를 놓치면 이야기가 되지 못하거든."

내가 머릿속에 그리는 학급 일기는 이야기가 되게 쓰는 것이다. 전에 그르쳐 본 경험이 있기에 이것을 몇 번이나 힘주어 말했다. 교실에서 겪었던 일을 붙잡아 쓰지 않고, 친구들을 한 사람씩 들추면서 내보이거나, 어디서 보고 들은 글을 베껴서 쓰거나, 노래 가사를 적기도 했다. 그러면 글이 장난스럽게 흘러가 낙서장이 되기 일쑤다.

조금 다른 이야기지만, 준엽이는 이 글을 쓰고 난 뒤 별명이 '디스 아프리카'가 되었다. 디스 아프리카는 아이들이 피우는 담배 이름이다. 준엽이는 친구들 짓궂은 장난을 다 받아 주면서도 자기는 남을 괴롭히지 않는 평화주의자다. 묵묵히 제 할 일 하면서 공부도 곧잘 한다. 글을 읽고 또 다른 준엽이 모습을 보게 되었다.

그 뒤에 준엽이에게 따로 물었다.

"준엽아, 너 글 쓰고 나서 아이들이 디스 아프리카라 놀리는데, 혹시 글 쓴 거 후회 안 되나?"

"괜찮아요. 글 쓰고 나니까 속이 시원해졌어요."

우리 반 아이들에게 학급 일기 공책을 내민 바로 그날 야간자습 시간에 준보가 '피가 거꾸로 솟다' 하는 제목으로 글을 썼다.

피가 거꾸로 솟다 / 심준보

우리 반에서 5월 16일 불금에 롤(LOL) 반 내전을 했다. 반 내전이란 롤 하는 사람 5명을 모아 팀을 짠 뒤 탑, 정글, 미드, 원딜, 서포터, 이렇게 각 포지션별로 역할을 한 명씩 정해 대전하는 게임이다.

이렇게 짜면 10명이니까 각 역할이 두 명씩 생겨, 어쩔 수 없이 서로 라이벌이 되기 마련이다. 대부분 역할 담당들은 실력이 비등했으나, 하늘과 땅 차이만 한 역할이 있었으니 그것은 '정글'이란 곳이었다. 두 사람 이름은 김기환,

백현종인데 차이가 얼마나 심하냐면, 기환이가 롤 유저 중에 0.3%다. 공부로 치면 서울대랑 카이스트 둘 중 어디 갈까 고민하는 클래스라면, 백현종은 영신사이버대 그 이상도 그 이하도 아닌 수준이다.

근데 이 기기(김기환 별명)라는 작자가 겸손까지 더하면 얼마나 좋겠냐마는, 중하위권 애들한테 부리는 악덕 짓이 장난이 아니었다. 자기중심적인 사상에다 어디서 거슬리는 소리가 들렸다 하면 '아니'라는 선행사와 함께 "아니, 좆도 못하면서 왜 설쳐?" 하는 말로 반 친구들의 미움과 반감을 쌓아 왔다. 하지만 저 콧대를 꺾을 수도 없었다. 애초에 범접할 수도 없는 실력이거니와 최근 동아리에 '다령'이라는 여친도 생겨 높던 콧대는 한없이 높아져만 갔다.

자, 다시 본론으로 들어가서, 5월 16일 반 내전으로 가자. 사실상 우리 팀은 백현종이 정글이었기에 정글 싸움은 제쳐 두고 남은 네 명이서 알아서 해 보자는 생각이었는데 아니 이게 뭐야, 기기 말대로 좆도 안 되는 백현종이 좆이 열 개는 넘치는 좆부자 김기환을 영혼까지 탈탈 탈수기로 돌려 버린 것이다. 남은 네 명은 꿈이라도 꾼 것마냥 자기 볼을 꼬집으며 꿈이 아닌 게 확인되자 키보드가 터져라 백현종을 부르짖기 시작했다. 이게 실감이 안 나는 놈을 위해 설명하면, K리그 질뱅이들이 영국 프리미어들하고 떠서 우리가 이긴 거랑 같다고 보면 된다. 그렇게 하늘을 찌르던 기기 코는 조준엽 대가리마냥 땅으로 가라앉았고 월요일까지 단톡방에서 집단 언어 폭행까지 당했다.

그리고 대망의 월요일, 석식 시간까진 봐 줄 만했다. 왜냐, 백현종이 잠잠했고 남은 네 명이서 갈겼으니까. 근데 석식 먹고 쉬는 시간, 잠잠하던 백현종이 코 푸는 기기를 찾아와 등을 탁탁 두 번 치고는 "너 다이아 어떻게 찍었냐?" 하는 말을 남기고 시크하게 돌아섰다. 7교시쯤까지 놀림 받고 그 뒤론 평화로웠는데, 갑자기 영신사이버생이 저런 말을 하니까, 흐르던 피가 귀뚜라미 보일러마냥 거꾸로 솟을 판이었다. 기기의 리액션이 궁금하다면 지금 바로 안동근한테 가서 "너 어떻게 전교 1등 찍었어?" 하고 비웃음 치며 물어보자. 니가 보는 그 표정이 기기 표정이다.

암튼 이뿐만이 아니다. 교실 애들이 미치도록 웃어 주자, 오랜만에 관심을 받은 현종이가 연달아 쐐기포를 터뜨렸다.

"애들아, 담에 할 땐 녹화라도 하자."

"약속 시간 늦으면 쫄아서 튄 걸로 간주한다."

"김기환, 화장실 갈 시간 있나. 연습해야지."

이런 촌철살인을 날리자 안 그래도 오전에 헌혈까지 한 '다령 썸남 기기'는 피가 뒷골까지 차올라 임종할 낯이었다.

이리하여 어떻게 마지막 말할 기운이라도 생겼는지 기기는 백현종에게 "아니, 좆도 못하면서 왜, 왜, 왜 설쳐" 하는 말을 남기고 뒷목을 잡고 쓰러졌다.

애들은 단순히 많이 웃었지만 난 통쾌하기까지 했다. 저 높은 콧대를 언젠가 꺾고 싶었는데 생각보다 훨씬 빨리 꺾어졌으니. 2014. 5. 21.

준보가 첫 글을 참 잘 썼다. 우리 반에서 일어났던 일을 사실 그대로 붙잡아 아주 또렷하게 장면을 그리면서 썼다. 이야기가 막힘이 없고 자연스럽게 흘러간다. 무엇보다 자기 말투가 생생하게 살아 있어 좋다. 글을 재미있게 쓰려고 애쓴 듯한 곳이 몇 군데 눈에 띄는 것이 흠이라면 흠이다.

롤은 요즘 아이들 사이에 널리 퍼진 컴퓨터 게임이다. 롤 게임 이야기로 깊이 들어가면, 게임을 모르는 사람들은 무슨 말인지 도무지 감을 잡을 수 없다. 간혹 아이들이 컴퓨터 게임을 글감으로 쓴 글이 있는데 재미도 없고 알아듣기도 어려웠다. 이 글은 게임 내용이 아니라 게임으로 빚어진 사건에 초점을 맞추어 썼다.

글을 읽고 아이들 반응이 대단했다. 이야기에 나오는 주인공이 바로 자기들이니 그 느낌이 남다를 수밖에 없다. 금방 소문이 퍼져 너도나도 학급 일기 공책을 돌려 읽었다. 준보가 쓰자 다음으로 우리 반 장난꾸러기 상우도 이어 썼다.

봉침대전 / 남상우

오늘 9교시는 정동진 선생님이 출장을 가셔서 우리 반은 자습을 했다. 예정에 없던 자습이어서 공부가 되지 않았다. 나는 너무 심심하고 지루해서 벌 모양 부채에 벌침 부분을 칼로 날카롭게 잘라 내 팔을 한 번 찔러 보았다. 팔이 잘리는 줄 알았다. 이거다 싶은 나는 문근이 머리에 벌침을 놓았다. 한창 재미가 오른 나는 여기저기 있는 친구들 머리에 벌침을 놓고 다녔다. 완전 내 세상이었다. 재웅이는 나에게 반격을 하려 했지만 벌침으로 위협을 하니 금방 고개를 숙였다.

그렇게 내가 기고만장하게 반을 누빌 때 기회를 보던 문근이가 나의 부채를 강탈했다. 부채를 뺏자마자 문근이는 특유의 살인마 표정을 지으며 나를 노려보았다. 정말 무서웠다. 나는 바로 무릎을 꿇었다. 이제 문근이의 시대가 온 것이다. 기고만장해진 문근이를 막을 자는 아무도 없었다.

그러던 문근이가 준엽이를 집중해서 괴롭히고 있었다. 준엽이가 계속 괴롭힘을 당하다가 문근이 팔을 잡으면서 저항했다. 당황한 문근이가 봉침으로 준엽이 팔을 풀파워로 찍었다. 준엽이는 고통에 겨워 혓바닥을 내밀었다. 하도 지랄발광을 하길래 팔을 봤더니 피가 났다. 나는 농담 반 진담 반으로 팔을 소독해야 된다면서 팔에 물을 부었다. 그러다가 준엽이가 팔을 뿌리치는 과정에서 준엽이 바지가 물에 젖었다. "아! 시발" 하고 외친 준엽이 목소리를 듣고 사랑이 머리를 한 3반 선생님이 들어왔다.

그때까지만 해도 바지가 다 젖은 준엽이에게 많이 미안했다. 그런데 준엽이가 3반 선생님 눈치를 보면서 젖은 바지를 스윽 보여 주었다. 그걸 눈치챈 선생님은 문근이와 나를 야단쳤다. 준엽이에 대한 미안한 마음이 눈 녹듯 사라졌다. 그리고 3반 선생님이 가신 후 준엽이에게 봉침을 몇 방 놓다가 종이 쳐서 봉침대전은 그렇게 막을 내렸다. 2014. 5. 23.

9교시면 정규 수업이 끝나고 보충 둘째 시간이다. 지루한 시간인데 마침 자습이다. 말이 자습이지 한 시간 마음 놓고 쉴 수 있는 시간이 된 것이다. 몸이 근질근질하던 상우 장난기가 터져 나왔다.

글에도 나와 있듯이, 상우와 문근이가 얌전한 준엽이를

곧잘 놀려 먹는다. 처음에는 걱정스러워 문근이를 불러서 나무라기도 했다. 들어 보니 준엽이가 곧이곧대로라 아이들 미움을 사기도 하는 모양이다. 준엽이는 영어 학습도우미다. 영어 단어 시험지를 나눠 주고 거두는 일을 맡아 한다. 그런데 단어 시험 칠 때 아이들이 옆 사람 걸 보고 쓴다고 영어 선생님한테 일렀다는 것이다. 글 끝에 준엽이가 젖은 바지를 3반 선생님한테 스윽 보여 주는 장면에서 웃음이 나왔다. 상우는 그게 또 못마땅해서 준엽이에게 미안했던 마음이 눈 녹듯 사라졌다고 썼다. 내가 아랑곳하기 어려운 아이들 세계려니 하면서도, 올곧은 준엽이에게 마음이 끌린다. 아침 자습 시간, 영어 단어 시험을 칠 때면 준엽이를 도와서 다른 사람 것을 보고 쓰지 못하게 단단히 살핀다.

준보가 쓴 '피가 거꾸로 솟다'를 다른 반에 가서 읽어 주었더니, 기환이는 자기 이름이 전교에 다 팔렸다고 투덜댔다. 투덜대긴 해도 크게 싫지는 않은 눈치였다. 그러더니 자기 속마음을 담은 이야기 한 편을 썼다.

오뚜기 / 김기환

시간을 잠시 거슬러 올라가 보자. 때는 5월 23일 토요일이었다. 난 그날 동아리 활동 때문에 무거운 몸을 이끌고 학교로 가고 있었다. 짜증 나는 기분으로 횡단보도를 건너고 교문을 향해 오르막길을 오르고 있었는데 평소 눈여겨보던 여자아이가 교복을 입고 학교로 가고 있었다. 걔를 보자마자 물이라도 맞은 듯 정신이 확 들었다. 그대로 걸어가다가 학교 아래 럭키슈퍼쯤에서 말을 붙였다. 평소에 쭈욱 봐 왔는데 웃는 모습이 참 예쁘다고 생각했다고, 친하게 지내고 싶었는데 접근할 방법이 없었다고 전화번호를 가르쳐 달라고 했다.

그런데 내가 말을 걸자마자 특유의 웃음을 짓는 것이었다. 미리부터 알고 있었다는 듯이. 나는 그 웃음을 어떻게 해석해야 되는지 머릿속으로 생각하며 길을 걸었다. 걔는 학교 아래 슈퍼에서 서점까지 가고 나서야 입을 열었다.

"미안해. 안 주면 안 될까? 어색해."

그렇다. 퇴짜를 맞은 것이다.

나는 그 말을 듣고 '아, 내가 뭐 그렇지' 이런 생각을 하며, 알았다고 하고 빠른 걸음으로 학교를 먼저 들어갔다.

학교에서 비싼 돈을 들여 강사를 초빙해서 강의를 해 주는데, 두 시간 동안 아무 생각이 나지 않았다. 중간중간 화가 나기도 했다. 조금 더 생각해 본다고 말하고 조금이라도 더 뒤에 거절했더라면 상심이 덜 했을 거라는 생각도 했다. 지금 생각해 보면 슈퍼에서 서점까지면 생각할 시간은 충분했는데 말이다.

우울한 기분으로 집에 돌아와서 침대에 누워 눈을 감았다. 시간이 조금 지나니 생각이 긍정적인 쪽으로 더 많이 들기 시작했다. 말 한 번 못 걸어 보고 속만 타느니 차라리 이 꼴이 낫지 않냐는 자위도 했다. 그리고 결론을 지었다. 열 번 찍어 안 넘어가는 나무 없다는 말도 있듯이, 오뚜기마냥 다시 일어날 것이다. 물론 상대가 너무너무 싫어하면 그만둘 것이다. 안 그랬으면 좋겠다. 2014. 5. 24.

이 글에 나오는 럭키슈퍼와 연제서점은 우리 학교 아이들이 아침마다 학교 오는 바로 그 길가에 있는 가게다. 때와 장소가 또렷하게 드러나니 글이 더욱 생생하게 다가온다. 글을 읽으면 저절로 그림이 그려지고, 기환이 바로 옆에서 함께 걷고 있는 듯하다. 우리 아이들도 같은 느낌일 터이다.

마음에 둔 여학생에게 사귀자고 말을 건네기도 쉬운 일이 아니거니와, 속마음을 털어놓았다가 퇴짜 맞은 이야기를 하기는 더욱 부끄러운 일이다. 무엇이 기환이에게 이런 마음을 내게 하였는지 알 수 없지만 참 고마운 일이다. 기환이 덕분에 다른 아이들도 무엇이든 다 말할 수 있는 용기를 얻었지 싶다.

재웅이는 학생부장 선생님한테 서운했던 일을 썼고, 진혁이는 축구 대회를 앞두고 겪은 힘들었던 이야기를 풀었다.

광명이는 '고립'이란 제목으로 우리 반에 자기들끼리만 어울려 노는 무리 넷을 내보이는 글을 썼고, 문근이는 지각 때문에 엄마와 다투었던 일을 생생하게 그려 썼다. 창민이는 요즘 사랑에 빠진 현우 이야기를 썼고, 기환이는 '초콜릿'이란 제목으로 고백 2탄을 썼다. 우리 반 아이들이 글 쓰는 재미에 푹 빠진 듯하다. 친구가 쓴 글을 돌려 가며 읽고 한마디씩 댓글을 달기도 한다.

다음은 준보가 두 번째로 쓴 '운수 좋은 날'이다.

운수 좋은 날 / 심준보

오늘은 정말 운수가 좋은 날이다.

난 집이 사직운동장 옆이라 항상 지하철을 타고 등하교를 한다. 집에 돌아오면 9시 50분이다. 옷 벗고 씻고 밥 먹고 방에 들어오면 10시 반 정도 된다. 천성이 배우는 것과 거리가 있기에 팬티만 입고 침대로 돌진한다. 그리고 선풍기를 구렛나루에 고정하고 스마트폰으로 원피스를 보다 기절하는 게 일상이다.

사건의 발단은 어젯밤이었다. 늘 그렇듯 원피스를 보다 기절하려 하는데, 갑자기 폰을 들고 있는 내 팔이 눈에 들어왔다. 그리고 시선이 점점 내 좁은 어깨로 흘러갔다. 폰 화면에는 근육남 조로가 칼을 휘두르고 있는데, 내 좁은 사이드라인은 옹골찬 표정으로 내 면상을 쳐다보고 있었다.

처음으로 만화 캐릭터에 수치심을 느낀 나는 팬티 바람으로 여동생 방에 가서 아령을 두 개 집어 들었다. 문을 열고 나가려 하는데 뒤에서 동생이 "난 여자로 안 보이나 미친놈아" 했다. 방구 한 번 끼고 나올까 했는데, 그건 남매 간에 예의가 아닌가 싶어서 두 번 끼고 나왔다. 그리고 다시 내 방으로 왔다.

한 10분쯤 운동을 하자 온몸이 떨렸다. 고작 10분인데 이렇게 힘들다니 오기가 생겨서 40분을 더 채웠다.

운동을 마치고 침대에 누웠는데 너무 행복했다. 앞으로 어려운 일이 닥쳐도 다 견딜 거 같은 기분이었다. 그렇게 잠이 들었는데 입에서 말똥 맛이 났다. 근데 이게 먹을 만해서 잠자면서 계속 먹었는데 알고 보니 쌍코피였다.

화장실 가서 거울을 보는데 이빨이 피로 물들었다. 근데 이것도 보다 보니 은근 흡혈귀 같고 멋있어 보여서, 김민석마냥 피 셀카라도 찍을까 하다가 참고 세수를 했다. 이때 시각이 새벽 4시 반이다. 여기까진 웃고 넘어갔다.

난 32분 지하철을 타고 학교에 간다. 오늘도 제시간에 맞춰서 집에서 출발했다. 지하철을 타고 의자에 앉아 멍을 때리는데, 한 여자가 바지를 팬티 같은 걸 입고 내 앞에

섰다. 찰진 허벅지에 매혹될 거 같았지만, 난 교회를 다니고 또 새벽에 난 코피 때문에 코가 민감해져 건드리면 또 날 거 같은데, 허벅지 보다가 터지면 3호선 코피남이 되겠기에 눈을 감았다. 존나 아쉬웠다.

눈을 감고 3초 뒤에 다시 떴는데 열차 종점까지 왔다. 이 미친놈이 그새 기절한 것이다. 그때 시간이 7시 55분이었는데 학교로 달려가 봤자 박대홍 쌤과 앞마당에서 다섯 바퀴 런닝맨 달려야 하고, 자행 쌤이 오늘도 지각하면 발바닥 조진다 했기에, 1교시 시작할 때 등교하기로 하고 슈퍼에서 초딩들이랑 철권 다섯 판 하고 등교했다.

교실에 들어가자마자 애들이 나를 김민석이랑 엮어서 놀리기 시작했다. 신학기 때부터 나를 그 근육마초맨이랑 엮더니 이젠 공식 커플이 됐다. 아! 쓰니까 또 빡친다. 내 친구들은 평소엔 좋은데 그 근육년이랑 엮을 때면 아가리에 아구찜을 처박고 싶다.

그렇게 1, 2, 3교시가 끝나고 4교시 2층 1학년 교실에서 한국지리 수업을 했다. 마칠 때쯤 화장실에 들어갔다 나오는데 윤승민이 내 가방을 챙겨 오면서 "가자" 했다. "역시 내 친구야" 하고 우리 교실로 올라갔는데, 이 미친놈이 책상 속에 넣어 둔 지갑을 가방에 안 넣고 챙겨 준 것이다. 나는 다급해져 다시 1학년 교실로 뛰어 내려갔다. 1학년

키 큰 낙타들이 스크린으로 월드컵을 보고 있었다. 애들이 너무 몰려 있고 시끄럽기도 했다. 다급하게 책상을 뒤졌는데 역시나 없다. 너무 우울해서 터벅터벅 애들이랑 밥 먹으러 갔다. 비빔밥이 맛있었다.

밥을 먹고 화장실에서 수저를 씻고 김기환이랑 지갑 얘기를 하는데 뒤에서 1반 이승진이 1학년 다 털어서 찾아준다길래 고맙다고 하고 같이 내려갔다. 이승진이 특유의 무브먼트로 1학년 사이를 털고 다닐 때 기환이랑 난 어색해서 1학년 교실 컴퓨터로 축구를 보고 있었다. 어떻게 어떻게 해서 지갑을 주운 놈이 나왔다. 걔 말로는 도서관 앞에서 지갑을 주웠다고 하는데, 지갑을 여니까 돈이 하나도 없다. 베트남 화폐도 없길래 베트남에서 전학 온 우리 반 두언이를 의심하면서 교실로 올라갔다. 교실로 가서 애들이랑 이 문제를 의논한 결과 CCTV를 돌리기로 했다.

시간이 흘러 7교시가 되고 언제 수호천사 박대홍 쌤에게 CCTV를 부탁하고, 도로 교실로 가서 책상 서랍을 보는데 이번엔 영어책이 감겼다. 순간 열린 창문을 보고 충동을 느꼈지만 방충망이 없어서 좀 무서웠다.

이 시점에서 난 현금 8만 원과 두언이 화폐 만 6천 원 그리고 영어책마저 잃은 상태였고, 좀만 건드리면 요절할 것 같아서 조심스럽게 석식 먹으러 가는데 내 앞에 모의고사 1등 송상민이 척추를 잡고 쓰러져 있었다. 무슨 일이냐 묻자 발에 쥐 났다고 했다. 말투는 요절 10분 전인데, 발에 쥐 났다고 하니까 같잖았지만 부축해서 데려갔다.

석식 줄에 서니까 나의 수호천사 대홍사마가 활짝 웃으며 지갑 찾았으니 걱정 말라고 했다. 진짜 오늘부로 지각할 때 앞마당 다섯 바퀴도 웃으면서 할 거 같았다.

그렇게 운수 좋은 날은 정말 운수 좋게 끝나려 했으나 교실에서 남상우한테 원피스 스포를 당했고, 피가 거꾸로 솟아 바로 코피가 또 터졌다. 뒤에서 애들은 뒷목 잡고 웃는데 난 치가 떨려 부들거리며 세수를 했다. 그러자 뒤에서 기기가 예술가는 작품을 따라간다면서, 내가 전에 썼던 '피가 거꾸로 솟다'를 디스했다. 그러면서 "너 요즘 코피 자주 터지는데 병원 가 봐야겠다" 하며 걱정했다. 원조 피꺼솟이 저런 말을 하니 같잖았다. 2014. 6. 17.

잃어버린 돈 8만 원을 되찾아 운수 좋았던 하루를 꼼꼼하게 펼쳐 썼다. 돈을 찾아 운수가 좋았던 날이긴 해도, 이야기 결말을 보면 코피가 터져 꼭 좋게 끝난 날은 아니었다. 사건은 어젯밤으로 거슬러 올라간다. 스마트폰으로 원피스 만화를 보다가 가느다란 어깨에 부끄러움을 느끼게 되었고,

그것이 빌미가 되어 여동생 방에 가서 아령을 가져와 운동을 하게 되고, 오기가 생겨 운동이 지나쳤고, 지나친 운동으로 자다가 코피가 터졌다. 코피 걱정에 지하철 안에서 유혹을 참으면서 눈을 감았고, 그것은 지각으로 이어지고, 반 친구들에게 놀림까지 받게 되었다. 나쁜 운수는 거기서 끝나지 않고 지갑을 잃어버린 사건까지 겹치게 된다. 다시 읽어 보아도 기막힌 짜임새를 갖춘 이야기다.

준보는 몸집이 작고 목소리도 가늘다. 자주 배가 아파 내 방에 와서 매실즙을 달라 하기도 한다. 반 아이들이 왜 준보와 민석이를 엮어서 놀리는지 궁금해서 물었다. 지난해 준보와 같은 반을 했던 기환이 대답은 이랬다. 준보가 허리띠를 너무 꽉 졸라매어 준보 힘으로 끄를 수가 없었다고 한다. 그러자 힘 좋은 민석이가 나선 것이다. 그런데 민석이가 준보 허리띠를 끌러 주는 그 장면이 문제였다. 준보는 고개를 뒤로 젖히고 섰고, 민석이는 의자에 앉아 얼굴을 가까이 갖다 대고 허리띠를 푸는 모습이 아이들 눈에 야릇하게 비친 것이다. 그때부터 둘은 공식 커플이 되었다고 한다. 들어 보니 준보나 민석이나 억울하기 짝이 없다. "아, 쓰니까 또 빡친다" 하는 말에 그 억울한 심정이 잘 드러나 있다. '친구들아, 이제 제발 그만 놀려' 하고 외치는 준보 마음이었구나 싶다.

이제 시작이지만, 우리 반 학급 일기를 읽으면서 새삼 느낀 바가 있다. 글은 쓰고 싶을 때 써야 하는구나, 하고 싶은 말이 있을 때 써야 하는구나. 쓰고 싶어서 쓴 글과 시켜서 억지로 쓴 글이 어떻게 다른지 또렷이 느끼게 되었다. 또 하나, 아이들끼리 사이도 좋아졌지만, 무엇보다 아이들 글을 읽으면서 내가 아이들 곁으로 쑥 가다간 느낌이다.

우리 반 학급 일기에 나오는 주인공은 바로 우리 반 아이들이다. 아이들은 자기가 주인공으로 나오는 이야기를 쓰고 또 함께 나누면서, 자기 삶이 귀한 줄 알게 될 것이다. 한발 물러서서 자기를 살펴볼 줄도 알고, 친구들 마음도 헤아릴 줄 아는 듬직한 사람이 되지 않을까. 무엇이든 마음껏 말할 수 있는 교실, 내가 꿈꾸는 교실이다. 2014. 6. 23.

한 권 읽기, 첫 시간

첫 시간 1학년 2반에 들어갔다. '한 학기 한 권 읽기'로 어떤 책을 고를지 도와줄 셈으로 노트북 화면을 칠판에 띄웠다.

"선생님, 인스타도 하세요?"

"하지요. 그런데 어떻게 알았을까?"

"저기에 있잖아요. 칠판 화면에."

노트북 바탕 화면 한쪽 구석에 빨간 인스타 단추가 눈에 띄었구나. 어째 그게 딱 보면 눈에 들어올까. 난 그게 거기 있는 줄도 깜빡하고 있었다. 지지난해 우리 반장이 나보고 페이스북만 하지 말고, 아이들이 즐겨 찾는 인스타도 하라면서 깔아 준 거다.

말 나온 김에 인스타 단추를 누르고 내 방으로 들어가니, 아이들이 탄성을 내지른다. 온통 자전거 사진이고, 바위 뛰어넘고, 바위에서 뛰어내리고, 냅다 달리는 영상들이다. 영상 몇 개를 돌려서 아이들과 함께 보았다.

"선생님, 너무너무 재미있어요. 오늘 이거 보는 거로 한 시간 하면 안 돼요?"

"아니다. 오늘 할 일은 따로 있어요."

그러고는 내가 아이들에게 읽히고 싶은 책 목록을 띄웠

다. 먼저 김누리 교수가 쓴《우리의 불행은 당연하지 않습니다》는 이렇게 이야기를 풀었다.

"우리는 참으로 끔찍한 경쟁 속에 살아가지요. 경쟁에서 밀리면 살기 힘들다는 것을 어릴 때부터 뼈저리게 느끼고 살아오지 않았나요? 이 경쟁 교육이 '능력주의'를 낳았어요. '능력주의'란 게 뭘까요? 내가 쉽게 풀어서 이야기해 볼게요. 내가 이겼으니까, 시험에 붙었으니까, 내가 안간힘을 쏟은 열매니까, 나만 누리는 게 마땅하다는 생각입니다. 나는 졌으니, 시험에 떨어졌으니, 내가 노력을 남만큼 못 했으니, 백수로 컵밥이나 먹고 고시촌 쪽방에서 지내는 게 어쩔 수 없는 일이라고, 눈물을 머금고 받아들입니다. 그런데 독일에서 공부하고 거기서 오래 살아 본 김누리 교수는 이 생각이 잘못되었다고 말해요. 시험에 떨어지고 경쟁에서 밀려났어도, 나도 똑같이 누릴 권리가 있다고 말해요.

《정의란 무엇인가》책 제목 들어 봤지요? 이 책을 쓴 마이클 샌델은 '능력'이란 게 그저 얻은 '행운'에 지나지 않는다고 말해요. 몇몇 아이들은 이렇게 되물을지 몰라요. '다른 아이들이 놀고 잘 때, 나는 쉬지 않고 밤잠 안 자고 공부했어요. 그걸 어떻게 행운이라 말해요?' 눈을 조금만 넓게 뜨면, 우리가 사는 세상에는 밤잠 안 자고 공부해 볼 기회조차 없는 아이들이 숱하게 많아요. 공부는커녕 먹거리가 없어 굶어 죽는 아이들도 수두룩하지요."

다음으로 오연호 대표가 쓴 《우리도 행복할 수 있을까》를 화면에 띄웠다.

"이번에는 행복지수 세계 1위, 덴마크 이야깁니다. 내 친구가 덴마크 가서 덴마크 고등학생한테 물었대요. '아유 해피?' 그랬더니, '아임 퍼펙트 해피' 그래서 다시 물었대요. '왓 메익스 유 해피?' 그랬더니 답이 뭐였겠어요. '선생님'과 '체육 시설'이라고 말하더래요. 몇 년 전에, 이 책을 쓴 오연호 대표를 만나 둘이 잠깐 이야기 나눈 적이 있어요. 그때 들은 이야긴데, 덴마크 교사들은 자기가 가르치는 과목 말고, 아이들 동아리 활동을 이끌어 갈 수 있는 전문 능력을 하나씩 갖추고 있대요. 말하자면 춤, 악기, 연극, 배드민턴, 산악자전거 같은 활동을 가르칠 수 있는 능력. 그리고 덴마크 학생들이 행복한 까닭이 또 있어요. 그 나라는 시험을 쳐도 점수는 나오지만, 등수를 매기지 않아요. 100점에 60점만 넘으면 그 과목은 더 공부 안 하고, 옆에 못하는 친구들을 도와준다고 해요. 시험 칠 때도 문제를 못 풀어 낑낑대는 친구가 있으면, 교사가 다가가서 이렇게도 생각해 보라고 귀띔해 주기도 한대요. 그리고 고등학교를 마치면 바로 대학에 가지 않고, 1년 동안 자유 시간을 가집니다. 친구들과 여행도 하고, 진로를 찾아 나서기도 하고, 하고 싶은 일을 맘껏 누리면서 지내는 거죠. 학창 시절에 그렇게 누릴 수 있는 1년이 주어지면 얼마나 행복하겠어요?"

유발 하라리가 쓴 《사피엔스》는 '뒷담도 때로 쓸모가 있다'는 말로 아이들 호기심을 건드렸다.

"유발 하라리가 쓴 《사피엔스》에 보면 이런 이야기가 나와요. 뒷담도 때론 쓸모가 있다고. 누가 나를 뒷담 깐다고 하면 기분이 어떨까요? 당연히 기분 나쁘겠지요. 그런데 까이는 사람은 기분이 나쁘지만, 뒷담 까는 사람들끼리는 더욱 단단하게 뭉치게 한다는 거죠. 고대 씨족사회나 부족사회가 이 뒷담화로 이루어졌다는 겁니다. 사직동 부족은 온천동 부족을 헐뜯으면서 저희들끼리 결속력을 다졌던 거죠. 들어 보니 그럴듯하지요? 그런데 뒷담으로 결속력을 다지는 데는 한계가 있다고 해요. 150명을 넘지 못한다. 100명을 넘기기도 전에 내분이 일어나서 둘로 쪼개지더라는 겁니다. 그럼, 고대국가는 어떻게 해서 태어났을까? 백 명이 아니라 몇천, 몇만이나 되는 사람들을 도대체 어떤 힘으로 똘똘 뭉치게 했을까요? 유발 하라리는 그게 '신화'였다고 해요. 그럼, 오늘날 현대사회를 살아가는 사람들을 이어 주는 가장 끈끈한 끈은 무엇일까? 여러분 무엇이겠어요? 유발 하라리는 그게 '돈'이라고 해요. 내가 비행기를 타고 알프스로 날아갑니다. 호텔에 들어서니 종업원이 깍듯이 절하고 맞이해요. 내 가방을 들어서 방까지 옮겨 줍니다. 그 사람이 날 언제 봤다고. 그 사람이 나를 믿어서 그럴까요? 아니면 내 돈을 믿을까요. 그래요. 바로 돈을 믿습니다. 그래서 현대인이 돈을 벌려고 그렇게 아등바등 매달리고 살지요. 그런데 이 돈은 결속력이 세기는 한데, 또 쉽게 깨어집니다. 돈 떨어지면, 그 사이는 대번에 깨지고 맙니다. 또 돈에 눈이 멀면, 친구고 부모고 형 아우도 없이 아주 모질게 등 돌리고 돌아서지요. 돈이 마냥 좋기만 한 건 아니다 싶어요. 때로 참 몹쓸 물건이기도 하고, 유리잔같이 잘 깨집니다."

아이들이 솔깃한 눈으로 듣는다. 뒤에 대목은 내가 살을 조금 붙였다. 이러다가 모두 《사피엔스》를 고를지도 모르겠다. 이 책은 두껍기도 하고, 또 읽기 무거운 책이라서 독서량이 많지 않은 사람이 무턱대고 덤볐다간 나가떨어질 수 있다고, 살짝 겁을 주었다.

다음으로 강신준 교수가 쓴 《마르크스 자본, 판도라의 상자를 열다》를 띄웠다.

"독일 사람들은 성경보다 '자본론'을 더 많이 읽는대요. 우리는 한때 독재 정권 시절에 이 '자본론'을 읽으면 사상이

구리다고 붙잡아 가기도 했어요. 학교에서 배우는 자본론이 '자본가 경제학'이라면, 마르크스 자본론은 '노동자 경제학'입니다. 마르크스는 이렇게 말해요. 자본가는 기업에 자본을 투자했고, 노동자는 기업에 노동을 투자했다. 그러니까, 기업은 자본가 것만이 아니라 노동자 것도 된다. 기업이 생산하여 얻은 이익은 자본가와 노동자가 똑같이 나누어 가져야 하고, 노동자 대표도 기업 경영에 나서야 한다고. 마르크스가 쓴 자본론은 여러 권이고, 어려워서 아무나 읽을 수 있는 책이 아닙니다. 지금은 정년퇴직하였지만, 예전에는 부산 동아대학교에서 경제학을 가르쳤던 강신준 교수님이 중학생도 알아들을 수 있도록 쉽게 풀고 간추려서 쓴 책입니다."

다음으로 《지적 대화를 위한 넓고 얕은 지식 0》을 띄웠다. "이 책도 독서량이 많지 않은 사람은 덤비지 않는 게 좋아요. 앞쪽에 보면, 다중우주론과 평행우주론을 이야기해 놓았는데 머리가 빙빙 돌 겁니다. 이 책에서 알맹이는 일원론입니다. 사람들 대부분은 이원론으로 세상을 보고 느끼면서 살아갑니다. 인식 대상인 '세계'가 먼저 있고, 인식 주체인 '나'가 이 세상을 알아차리고 받아들인다는 말이지요. 여기에 그렇지 않다고 딴죽 거는 사람들도 꽤 많아요. 이 세계와

나는 둘이 아니라 하나다. 우리가 바라보는 이 세계는 객관으로 있는 대상이 아니라, 내가 보고 느끼고 생각하는 대로 펼쳐진다는 거죠. 이원론에 맞서는 일원론이 무엇인지, 그 속살을 깊이 있게 들여다보고 싶다면 이 책을 읽어 보아요."

내가 쓴 책도 한 권 올려놓았다.《국어 시간에 소설 써 봤니?》

"이 책은 내가 쓴 책입니다. 글을 쓰고는 싶은데 어떻게 써야 할지 모르겠는 사람은 한번 읽어 봐요. 아직도 일기 쓸 때, 오늘 뭐 하고 뭐 하고 뭐 하고 뭐 했다, 이렇게 한 일만 늘어놓는 사람은 읽으면 도움이 될 거예요. 강추하진 않아요."

이것 말고 성장소설도 몇 권 말해 주었다.《내 영혼이 따뜻했던 날들》과《울지 마, 지로》와《못난 것도 힘이 된다》와《와세다 1.5평 청춘기》를 보여 주었다. 그리고 공부법으로《공부머리 독서법》을 말했고, 유시민 작가가 쓴《거꾸로 읽는 세계사》도 말해 주었다. 이 밖에도《공학의 눈으로 미래를 설계하라》,《데니스 홍, 상상을 현실로 만드는 법》,《개발자도 궁금한 IT 인프라》,《모든 순간의 물리학》,《빛의 물리학》이런 책을 훑어보았는데, 이런 책은 2학년 되어서 저마다 진로를 찾고 나서 읽어도 늦지 않다고 말했다.

이 목록은 구름방에 올려놓았으니, 책 소개를 잘 살펴보고 한 권씩 고르라고 일러 주고, 다음 주 이 시간에는 저마다 읽고 싶은 책 한 권을 사서 오라고 했다.

수행평가도 일러 주었다. 독서 활동(읽기-30%)과 서평 쓰기(글쓰기-40%)와 독서 발표(말하기-30%), 이렇게 세 영역을 평가할 것이라고 일러 주었다. 독서 활동은 5차시에 걸쳐서 할 테니까, 책 한 권을 다섯으로 나누어 띠지를 붙여 두라고 했다. 두꺼운 책은 한 권을 다 읽지 않아도 되고, 미리 조금씩 읽어 와도 말리지 않는다고 했다. 차시마다 독서 활동지를 적어서 구름방에 올리면 그걸 보고 내가 '상-중-하'로 평가하겠다고. 이 활동지를 바탕으로 글감을 마련해서 서평을 쓸 것이고, 서평에서 알맹이를 뽑아 영상 자료를 만들어서 발표할 거라고 미리 알려 주었다. 독서 발표는 전체를 싸잡아 벙벙하게 말하는 것보다, 책 속에서 작은 주제 하나를 잡아서 깊이 파헤쳐서 이야기하면 좋은 점수를 얻을 것이라고 했다. 2024. 3. 11.

판에 박은 글쓰기와 맘껏 펼쳐 내는 글쓰기

지난 4월에 서울에서 '시 쓰기를 어떻게 가르칠까?' 하는 물음을 던져 놓고, 젊은 국어 교사들과 마주 앉아 이야기를 주고받았다. 그때 어느 선생님이 이런 물음을 던졌다.

"중학교 1학년 국어 교과서 첫 단원에 '비유와 상징'이 나오는데, 어떻게 가르쳐야 할지 모르겠어요. 좋은 방법이 있으면 알려 주었으면 해요."

앞으로 가르칠 단원이 아니고, 벌써 가르친 단원을 이렇게 묻는 것은, 교과서 따라 하니 안 되더라는 말이다.

"교과서 대로 가르치니 잘 되던가요?"

"아뇨."

"잘 모르긴 해도, 저도 교과서 따라 했으면 말아먹을 것 같아요."

중학교 1학년 국어 교과서 첫 단원을 펼쳐 보면, 먼저 비유와 상징이 무엇인지 알아차리고, 그런 다음 보기 시에서 비유와 상징을 찾아 거기에 담긴 속살이 무엇인지 짚어 보고, 마지막엔 비유와 상징을 살려서 시를 써 본다는 것이다. 이렇게 따라 해 보았더니, 아이들이 시시해하더라는 말이다. 그렇게 해서 나온 글이 하나같이 판에 박은 듯한 시였다고 한다.

그래서 이번에는 내가 물었다.

"교과서 글쓰기 이론을 살펴보면, '계획하기-내용 생성하기-내용 조직하기-표현하기-고쳐쓰기' 이렇게 되어 있잖아요? 이것 따라 글쓰기 해 보셨나요? 잘 되었나요?"

아무도 대꾸가 없다. 내 입만 쳐다본다.

"저는 이렇게 해 본 적이 없어요. 저랑 함께 글쓰기 공부하는 선생님한테 들은 말을 옮겨 볼게요. 초등학교에서 이 길을 따라서 글을 써 보았더니, 단계를 넘어갈수록 교사와 아이들은 지치고, 그렇게 해서 아이들이 쓴 글이 판에 박은 글이었다고 해요."

왜 안 될까? 그럼 어떻게 들어서야 할까? 이 물음에 내가 내놓은 답은 이렇다. 아이들이 쓴 글에서 첫발을 떼야 한다.

글쓰기에 앞서, 글은 이렇게 써야 한다고 교사가 길게 풀이를 늘어놓는 것은, 글쓰기에 도움은커녕 도리어 쓰고 싶은 아이들 마음을 가로막기 쉽다. 꼭 하고 싶으면 한 가지만 일러 주라고 말하고 싶다.

"오늘은 주고받은 말을 잘 엮어서 글을 써 보자."

"오늘은 선생님(엄마, 아빠, 친구)이라서 차마 못 하고 삼켰던 말을 토해 내자."

"오늘은 어느 한 대상에 머물러서 그 대상을 그려 보자."

"오늘은 겪은 일 가운데 하나를 붙잡아, 환하게 펼쳐서 글을 써 보자."

"오늘은 미안했던 상황을 그리는데 '미안하다'는 말을 하지 말고 써 보자."

"오늘은 누구도 흉내 낼 수 없는 멋진 불평을 글감으로 시를 써 보자."

"오늘은 혼자서 가만히 중얼거렸던 말을 되살려 시를 써 보자."

이렇게 한마디만 하고는 또래 아이들이 쓴 시를 맛보면서 노는 게 좋다. 어느 시가 마음에 와닿았는지, 그 시 어디에 마음이 꽂혔는지, 왜 그 대목이 좋았는지, 그 대목에 담긴 글쓴이 마음은 무엇인지, 글쓴이 눈길은 어디에 가 있는지, 가장 빛나는 말은 무엇인지, 빼 버리고 싶은 군더더기는 없는지. 아이들은 또래 친구가 쓴 글을 맛보면서 무엇을 쓸지, 또 어떻게 펼쳐 낼지 감을 잡는다.

한 번에 온전한 글을 쓰게 이끌고 싶은 것은 교사 욕심이다. 그렇게 해서도 안 되고, 그렇게 하고 싶다고 될 리도 없다. 제 욕심에 마음이 꺾여 나가떨어지기만 할 뿐이다. 어쩌다 가뭄에 콩 나듯이, 한 번에 깜짝 놀랄 만한 글을 써내는 아이도 있지만, 대부분은 어설픈 글을 써낸다. 여기서부터가 진짜 글쓰기다. 글을 볼 줄 아는 교사 눈이 있어야 하고, 어떻게 이끌어야 좋을지 머리를 쥐어짜야 한다. 아이 글에 댓글을 달아 주는 것도 좋은 방법이다. '나는 이 아이 글에서 무엇을 읽어 줄 것인가?' 하는 마음으로, 교사가 아이들을 끌고 가지 말고 한 아이, 한 아이를 따라가야 한다.

공익

/ 사직고 1학년 목승후

오후 7시 10분, 야자 시간.

나는 우등생이라 이 시간에 학교에 남는다.

그런데 앞자리 준형이가 조용히 말을 건다.

"야, 게임이나 하자."

어이가 없다.

공부하러 오는 곳에

이 성스러운 장소에서 게임을 하자니

그것도 야자 시간에 말이다.

나는 조용히 손으로 말했다.

"X"

그러자 준형이는 얼굴을 찡그리고

팔을 흔들며 갑자기 발작을 하기 시작했다.

햐, 저 불량 학생 때문에

다른 아이들이 공부를 못 하겠는걸.

기나긴 고민 끝에 준형이에게 말했다.

"들어와라."

준형이가 씨익 웃었다. 2023. 5. 15.

이 시를 읽자마자 웃음이 나왔다. 1학년에 한 시간 보강 들어가서 시를 썼기에, 시를 쓴 승후를 잘 모른다. 그렇지만 딱 봐도 우등생은 아니다. 농땡이가 틀림없을 거라 싶었다. 나는 승후가 쓴 시에서 반어 말법에 귀 기울여 들어 주었다. '공익'이라는 제목부터가 말뒤집기(반어)다. "우등생, 이 성스러운 장소, 저 불량 학생, 기나긴 고민 끝에" 이 모두가 속마음을 뒤집어서 한 말이다. 이 말을 곧이곧대로 들으면 재미없다.

먼저 반어가 무엇인지 배우고, 그래서 반어를 살려서 시를 써 보자고 했다면 이렇게 썼을까? 아마 못 썼을 것이다. 그럼 이렇게 살아 있는 시가 어디서 나왔을까? 교사가 가르쳐서 만들어 낸 것이 아니라, 이미 승후 안에 고스란히 있는 것을 끄집어내었다.

젤리와 선호

/ 사직고 2학년 이아림

이선호의 보물상자에는 젤리로 가득 차 있다.

평소엔 상자 근처에 얼씬도 못 하는데

선호가 자고 있는 이른 아침에는

마이구미, 하리보, 트롤리와 인사 나눈다.

오늘은 누굴 데려가지.

학교에서 친구들과 나눠 먹는다.

온 가족이 모여 티비 보고 있는데

선호가 입을 연다.

"아빠, 저 용돈 좀 주세요."

"왜?"

"누나가 좋아하는 젤리 사 두어야 해요."

2023. 9. 15.

이 시를 읽고서 아이들은 '착한 동생'과 '얄미운 동생' 두 패로 나뉘었다. 시를 쓴 아림이에게 물어보니, 내 짐작대로 얄미운 동생이었다. 눈치 없는 독자는 깜빡 속을 만치, 하고 싶은 말을 잘 감추었다. 이 또한 말뒤집기다.

그만해 주세요

/ 사직고 1학년 박성준

엄마, 전화 좀 그만해 주세요.

집 가고 있어요.

학원 늦게 마쳐서 그래요.

주무시고 계세요.

걱정하지 마세요.

제가 알아서 할게요.

전화 좀 그만해 주세요, 엄마. 2023. 5. 15.

시 쓰기에 앞서 이 말을 했다. 꼭 하고 싶었던 말, 목구멍까지 올라왔지만, 선생님이라서 또 엄마라서 참았던 말, 차마 하지 못한 말을 마음껏 뱉어 보자고 일러 주었다. "엄마, 전화 좀 그만해 주세요. 제 일은 제가 알아서 할 테니 걱정하지 마세요." 성준이는 이 말을 엄마에게 했을까? 못 했다. 목구멍까지 올라왔지만 차마 하지 못한 말이다. 말을 건네는 꼴로 시를 쓸 때는 이것이 고갱이다.

시험 기간

/ 사직고 2학년 조예원

평소보다 늦게 집에 왔다.

적막만이 남은 어둠을 걸어서

겨우 도착한 집에

엄마는 아직 깨어 있었고

배가 고프지 않다고 했지만

금세 차려낸 따뜻한 밥을

먹먹한 목으로

다 먹을 수밖에 없었다. 2023. 9. 14.

이 시를 읽고 내 눈길이 오래 머문 곳은 "따뜻한 밥"과 "먹먹한 목"이다. 이 말에 예원이 마음이 깊이 묻어 있구나 싶었다. "따뜻한 밥"은 예원이가 느끼는 엄마 마음이고, "먹먹한 목"은 시험에 부대끼는 꽉 막힌 답답한 제 마음이겠지.

송곳

/ 사직고 2학년 조민규

아침마다 입는 저 희고 검은 천쪼가리도

성적표 속 검은 잉크 몇 방울도

컨트롤C 커트롤V 한

개성 없는 이 직사각형 공간도

날마다 반복되는 이 일상도

우리의 뾰족함을 가릴 수는 없어

어디서든 언제든 무슨 일이 있어도

서로를 보며 웃는 우리들을 2023. 9. 15.

이 시에서는 뜻건넘(상징)을 말하고 싶다. 비유가 또 다른 뜻이 옮겨 와서 겹친 것이라면, 상징은 뜻이 한 다리 건너뛴 것이다. 이 시에서 "송곳"은 송곳이 아니다. 읽어 내려가는 사이에 뜻이 몇 다리를 건너간다. 낡은 틀을 깨부수는 뾰족함이었다가, 경쟁으로 갈라놓은 벽을 허무는 아이들 웃음이었다가, 한발 더 나아가 어떤 시달림에도 흔들림 없는 꼿꼿한 마음이 되기도 한다.

이게 다 돈이야

/ 성남 금상초 2학년 홍희랑

우리 엄마는 내가 공부를 소홀히 할 때마다

약속이라도 한 듯이

"이게 다 돈이야"라고 말한다.

"엄마, 색연필같이 여러 말을 해 보면 어때?" 2024. 2. 13.

〈올챙이 발가락〉 2024년 여름호에서 옮겨 온 시다. 앞에 '송곳'이 뜻건넘이라면 이 시는 뜻겹침(비유)이 빛난다. "색연필"이란 말에 색연필 말고 "엄마가 했으면 하는 말"이라는 또 다른 뜻이 겹친다. 만약 이 시를 쓴 아이에게 비유를 풀이해 준 다음, 비유를 써서 시를 써 보라고 했다면, 이런 생각이 쉽게 떠오르지 않았을 터이다. 밋밋해 보이던 글도 누군가 마음을 담아 읽어 주면 글이 달리 보인다.

싱크대 위에
/ 문현여고 2학년 한예림

꼬들꼬들한 밥 위에서도 행복함을 느낄 수 있는
여러 반찬 사이에서 이것 하나면
배부르게 먹을 수 있는
싱크대 위에 콩나물무침
10분도 안 돼서 엄마가 만들어 주신
엄마가 만들어 주실 때가
진짜 맛있는 콩나물무침
아삭아삭 씹히는 오이보다도
참기름 냄새가 솔솔 나는 그 양념에
파묻힌 콩나물에 자꾸만 손이 간다. 2018. 5. 25.

제법 오래된 시다. 해마다 시 쓰기를 할 때면 이 시를 가지고 맛보기 하며 논다. 이 시에서는 말을 엮어 가는 솜씨 (엮음체)를 눈여겨보아야 한다. 한 대상을 붙들고 말을 엮으면서 그려 내는 솜씨가 시인 백석 못지않다. 콩나물무침을 한가운데 두고 빙빙 돌아가면서 둥근 멍석 엮듯이 그려 낸다. 판소리 사설도 이렇게 엮어 간다. 한 발 내딛고는 물러서고, 또 한 발 내디뎠다가 물러서고, 또 물러섰다가 되감아 나간다. 그러면서 한 자리에 오래 머물렀다. 대상을 그리는 방법으로 참 좋구나 싶다.

아이들 속에 이미 있는 것을 맘껏 끄집어 내게 해야 한다. 글을 쓰면 쓸수록 아이들 마음이 홀가분해야 하지 않을까. 글 들머리에, 어느 선생님이 던진 물음에 제대로 대꾸했는지 모르겠다. 반어니 역설이니 상징이니 하면서 아이들을 몰아가서, 틀에 가둘 일이 아니다. 아이들이 빚어낸 말과 그 말에 담긴 마음을 읽어 줄 때, 아이들은 글쓰기가 즐겁고, 글을 또 쓰고 싶어 할 것이다. 2023. 8.

왜 글을 쓰면서 살아야 할까?

'사람은 왜 글을 쓰면서 살아야 하는가?'

국어 첫 시간 수업에 들어가서 아이들에게 이야기한 주제다. 이번 기회에, 입으로 펼친 이야기를 글로 간추려 두고 싶다. 사람이 글을 쓰면서 살아야 하는 까닭을 '인류 문명이 걸어온 역사'와 '우리 겨레가 살아온 역사'와 '한 사람이 살았던 삶' 세 가지로 예를 들어 이야기했다. 그리고 여기 내 이야기는 거의가 김수업 선생님께 듣고 배운 것임을 밝혀 둔다.

먼저 인류 문명이 걸어온 역사부터 살펴보아요. 유발 하라리가 쓴 《사피엔스》를 읽어 보면, 이 지구에 처음부터 사피엔스 인종만 살았던 게 아닙니다. 다른 동물이나 식물처럼 사람도 여러 호모종이 살았대요. 그런데 사피엔스가 다른 인종을 모두 멸종시키고 우리 사피엔스만 남게 되었지요. 왜 그렇게 되었을까? 네안데르탈인만 하더라도 사피엔스보다 몸집이 훨씬 크고 사납고 싸움을 잘했다는데 어떻게 사피엔스가 네안데르탈인들과 싸워 이겼을까? 뿐만 아니라 다른 인종들까지 깡그리 없애 버리고 홀로 살아남았을까요?

그 답을 유발 하라리는 '말'에서 찾았어요.

어느 날 사피엔스종은 뇌세포에 돌연변이가 생겨 말을 하게 되었을 거라 넘겨짚어요. 그래서 사피엔스만이 말을 주고받을 수 있었고, 다른 종들은 의사소통이 침팬지 수준이었던 거죠. 말로 의사소통이 되니 서로 남몰래 도울 수 있고, 또 말을 수단으로 깊은 생각을 할 수 있고, 생각하는 힘으로 도구나 무기를 만들 수도 있었겠죠. 그러니까 사피엔스는 작고 보잘것없는 몸집에도 바로 말 덕분에, 다른 어떤 동물들이나 인간종들을 물리치고, 그들을 다스리게 된 거죠. 유발 하라리는 이를 '인지 혁명'이라 말해요. 저는 이 말에 고개를 끄덕이게 돼요. 대학 3학년 때 전공이 국어 교육이다 보니, 말이 지닌 놀라운 힘을 배우면서 이 참알이(진리)를 깨달았거든요.

그런데 이 말이란 게 좋긴 한데 빈틈도 있어요. 말 덕분에 다른 동물보다 훨씬 높은 문화를 일구면서 살게 되었지만, 이 말이란 게 말하자마자 곧바로 사라지고 말아요. 멀리 있는 사람에게는 건네지 못하지요. 몸소 찾아가거나, 다른 사람 편으로 말을 건네 달라고 해야 하지요. 시간과 공간에 얽매이는 거지요. 말하는 순간 곧바로 사라지다 보니 그 정보를 뇌 기억에 담아 두어야 합니다. 기억에 담아 둔 정보를 다른 사람과 나누려면, 뇌를 열어서 보여 줄 수가 없어요. 다시 내 입으로 말해야 나눌 수 있어요. 그런데 기억력이란 게 한계가 있고, 또 사실을 비틀어서 말하기 쉬워요. 그래서 사람들이 오랜 세월을 두고 머리를 쥐어짰을 거예요. 이 말을 눈에 보이게 붙잡아 둘 수는 없을까? 하고요.

그래서 만든 게 문자, 바로 글자입니다.

처음에는 오늘날 쓰는 로마자나 한자나 우리 한글 같은 온전한 글자가 아니었어요. 처음에는 그림문자였어요. 바위에 그림으로 새겼던 거죠. 울산 울주군 천정리에 가면 구석기시대에 그린 고래 그림이 있어요. 난 이 그림이 긴 이야기였을 것으로 생각해요. 지금은 풀이해 내기가 쉽진 않지만. 그림문자를 만든 게 지금부터 1만 년쯤 전 일입니다. 그러다가 또 오랜 세월이 흐르고, 겨우 2천 년 전쯤 지금 세상 사람들이 쓰는 문자를 만들었지요. 세계 4대 문명이 일어난 곳은 모두 강을 끼고 있다고 하지만, 나는 강은 문명이 일어난 필요조건이지 충분조건은 아니라고 봐요. 강을 끼고 사람들이 모여 산 곳이, 중국에 황하강이나 인도에 인더스강이나 이집트에 나일강이나 메소포타미아에 티그리스강 말고도 얼마든지 많았을 텐데, 왜 다른 강가에서는 인류 문명을 떨치지 못했을까요? 이 네 곳은 공통점이 모두 문자를 만들어 썼다는 겁니다. 로제타석에 새긴 이집트 상형문자나 메소포타미아 쐐기문자, 들어는 봤지요? 인더스문명은 인더스문자가 있었고, 황하문명은 갑골문자가 있었어요.

그럼 왜 문자가 문명이 일어날 수 있는 충분조건일까요? 조금만 생각해 보면 알 수 있어요. 그것은 정보를 뇌에 담았다가 말로 꺼내는 것과 문자에 실어 책에 담아 두는 차이지요. 고급 정보를 담아서 나누는 방법이 뇌이냐 문자이냐에 따라 인류 문명은 그 발전 속도가 하늘과 땅으로 갈라졌다고 봅니다. 오늘날 우리가 누리는 전자 칠판이나 손전화처럼 눈부신 과학기술 문명도 그 바탕 힘은 문자라고 봅니다. 그러니까 인류가 살아온 3~4백만 년 가운데 2천 년 전까지, 아주아주 오랜 세월 동안 인류 문명은 거의 평행선을 그어 오다가, 2천 년 전 문자 발명을 갈피(기점)로 발전 속도가 가파르게 솟구친 거죠. 유발 하라리는 이것을 '문자혁명'이라고 말합니다.

여기서 잠시 문자 이야기를 하고 싶어요. 자연에는 뜨레가 없지만 인간이 만든 물건은 명품과 짝퉁, 뜨레가 있기 마련입니다. 말은 저절로 생겨난 것이기에 한국말, 일본말, 중국말, 영국말, 프랑스말, 저마다 모두 귀합니다. 사람도 얼굴이 누런 사람, 검은 사람, 흰 사람 차별 없이 모두 귀합니다. 그런데 문자는 사람이 만든 것이기에 뜨레가 있어요.

중국 사람이 쓰는 한자는 뜻글자입니다. 뜻을 붙잡다 보니 글자 수가 몇만 글자나 됩니다. 그것도 모자라서 한 글자가 여러 뜻을 담고 있지요.

일본 글자 히라가나는 소리덩이입니다. '가기구게고, 마미무메모, 하히후헤호' 음절 단위로 글자를 만들었습니다. 한자보다는 훨씬 적지만 음절 수도 만만찮지요. 우리 한글 자음과 모음을 엮어서 만들 수 있는 음절 수가 몇 개나 될까요? 초성으로 오는 자음 19자, 중성으로 쓰이는 모음 21자, 종성에 쓸 수 있는 자음과 겹자음까지 모두 합쳐 27자, 거기다 종성 없이 초성과 중성만으로 된 음절도 있으니 다음과 같은 계산식이 나옵니다.

"$19 \times 21 \times (27+1) = 11172$"

엄청나죠? 그런데 '꿺, 퍫, 뷇' 이런 글자는 실제 쓰지는 않죠. 그래도 글을 쓸 때 실제로 쓰는 음절 수가 5천 개가 넘는대요. 그러니까 만약 우리 말을 온전하게 음절 글자로 적어 내자면, 글자가 모두 5천 글자는 있어야 하는 거죠. 그래서 일본 사람들은 히라가나 50자, 가타카나 50자, 이것만으로는 모자라서 중국 한자를 빌어 와서 적을 수밖에 없어요.

그다음으로 빼어난 글자가 소리조각 글자입니다. 음소 글자라고도 해요. 로마자와 한글이 여기에 들어가지요. 로마자나 한글은 뜻글자 한자나 소리덩이 글자 히라가나보다는 훨씬 빼어난 글자이지만, 이 둘만 견주면 한글이 더 뛰어납니다. 한글이 왜 더 빼어난지는 다음 기회에 얘기해 줄게요.

아무튼, 글자는 '그림문자 ⇒ 뜻글자 ⇒ 소리덩이 글자 ⇒ 소리조각 글자' 차례로 탈바꿈해 온 겁니다.

어쨌거나, 지금까지 이야기한 것을 간추리면, 인류 문명은 글자를 만들어 쓰면서 정말이지 눈부시게 올라섰다는 사실입니다.

다음으로 우리 겨레가 살아온 역사를 살펴볼까 합니다. 옛날 우리 겨레가 살았던 터전은 한반도가 아니고, 바로 중국 난하강 둘레 하북성이었다고 해요. 이 지역에 고조선, 부여, 고구려, 거란, 발해, 이런 나라들이 이어져 왔는데 모두 우리 겨레였어요. 모두 지금 우리가 쓰는 배달말을 쓰면서 사는 사람들이었어요. 북경에는 한족이 살았습니다. 그런데 중국 한족과 우리 겨레 사이에 커다란 성이 있었어요. 뭘까요? 맞아요. 만리장성! 진시황 때 쌓았다고 하지만, 고조선 때부터 여기 성이 있었어요. 그때는 연장성이라 했어요. 연나라가 쌓은 긴 성이란 말이지요. 여러분, 성은 공격용일까요? 아니면 방어용일까요? 그래요, 방어용입니다. 중국 한족이 만 리나 되는 긴 성을 쌓았다는 것은, 그들 동쪽에 자기들보다 힘센 나라가 있었다는 거죠. 그게 바로 우리 겨레였습니다. 그들은 우리 겨레를 두고 동이족이라 했어요. 말을 잘 타고 활을 잘 쏘는 동쪽 사람들이란 뜻으로.

고조선이 가진 청동기 기술이 중국 한족보다 400년은 앞섰다고 하니 두 겨레 문화가 얼마만큼 차이가 났는지 가늠할 수 있어요. 고조선 유물로 이름난 것이 '비파형 동검'입니다. 국사 시간에 들어 보았지요? 이 비파형 동검이 요동반도를 비롯해 중국 곳곳에서 불거져 나왔지요. 당나라 서울이 장안이었는데, 지금은 서안이라고 해요. 이 서안에 가면 이집트 피라미드보다 크고 훨씬 많은 피라미드가 있어요. 인터넷에서 '서안 피라미드'를 쳐 보세요. 바로 뜹니다.

1960년대 중국 북경대학 역사학과 교수들과 북한 김일성대학 역사학과 교수들이 공동으로 이 피라미드 유물을 파냈대요. 서안은 고조선에서 아주 먼 거리니까, 중국 교수들은 여기 피라미드에서 마땅히 중국 한족 유물이 나올 줄 알고 팠는데, 파헤쳐 보니 비파형 동검을 비롯하여 고조선 유물이 쏟아져 나온 거예요. 깜짝 놀랐지. 그래서 북경대학에 모여서 말을 맞추었다고 해요. 이 일을 어쩌면 좋노? 하고. 내린 결론은? '지금 중국은 영원한 중국이다.' 이 말은, 현재 중국 영토 안에 있는 것은 그 과거도 현재도 미래도 모두 중국 것이라고 못 박은 거지요. 이게 바로 '동북 공정'이라는 거예요.

이야기가 너무 나간 것 같은데 다시 본줄기로 돌아오면, 그 옛날 우리 겨레는 좁은 한반도 땅이 아니라 넓은 대륙에서 살았고, 우리가 한족에게 앞선 문화를 건네주는 쪽이었다는 말입니다. 내가 케케묵은 과거 역사를 꺼낸 것은, 우리 겨레가 다른 겨레보다 뛰어났다고 이야기하고 싶은 게 아닙니다. 그럼 뭐냐? 이렇게 잘나갔던 우리 겨레가 그 뒤로 어떤 길을 걸었는지 살펴보자는 겁니다. 그 넓은 땅 고조선에 한족이 한사군이라는 식민지를 세우면서 서서히 무너졌고, 끝내는 고조선이 무너지고 그 자리에 부여가 나라를 세웠지만, 땅덩이를 한족에게 많이 내어주었어요. 고구려 때는 땅을 더 내어주긴 했어도 힘을 떨쳤지요. 그러다가 점점 무너져 한족에게 쫓겨나서, 삼국 때는 넓은 땅을 다 잃어버리고 한반도 안에 갇히게 되었지요.

이때 우리 선조들이 생각해 보았을 것 같아요. '어쩌다가 우리 신세가 이렇게까지 되었을까? 우리한테 쩝도 안 되던 것들이 어떻게 저렇게 세졌을까?' 곧 그 답을 알아차렸다고 봐요. 중국 한족은 한자를 만들어 한문으로 정보를 나누면서 문화를 일으켰다는 것을 안 거죠. 한자 덕분에 우리 겨레에게 한참 뒤처지던 중국 한족이 서서히 우리를 앞질러 나갔던 거지요. 그래서 고구려, 백제, 신라가 서로 앞다투어 중국 한자를 들여왔어요. 그런데 이게 또 한번 우리 겨레에게 닥친 불행이었습니다. 중국 글자 한자는 우리 말을 적는 데는 안 맞는 글자였으니까요. 한자로 뜻은 담을 수 있으나,

우리 말소리를 붙잡지는 못한 거죠. 신라 설총 같은 사람은 그 고민을 깊이 해서 한자를 잘 부려 써서 '향찰'이라는 글자를 만들었지만 한계는 그대로였어요. 통일신라와 고려와 조선으로 넘어오면서 그 병은 더욱 깊어졌어요. 한자 한문을 아는 소수 양반층과 그걸 전혀 알 수 없는 수많은 백성은 서로 골이 깊어지기만 한 거죠. 한문으로 적은 고급 정보는 양반끼리만 가지고, 그 정보를 얻을 수 없는 여느 백성과 힘을 합치지 못하니 나라 힘이 갈수록 곤두박질쳤지요.

그런데 기적 같은 일이 일어났어요. 바로 세종 임금이 훈민정음, 한글을 만드신 거예요. 그런데 세종 임금이 우리 말을 소리와 뜻 모두를 그대로 담을 수 있는 글자를 만들기는 했지만, 양반은 여전히 한자와 한문을 떠받들었지요. 조선왕조가 무너질 때까지 죽으라고 중국 한자에 매달렸습니다. 그 시대에 깬 지식인이라 일컫는 연암 박지원이나 다산 정약용 같은 분도, 지식과 정보를 한글에 담을 생각은 꿈에도 해 보지 않았어요. 그러다 일본에 나라를 빼앗겨 조선왕조가 무너졌지요. 조선왕조가 무너진 까닭을 사람들은 당파싸움 때문이라고 보지만, 나는 달라요. 입으로 하는 우리 말과 책에 적힌 한문이 달랐기에, 겨레 힘이 한데 모이지 않고 내리막길로 걸었던 것은 말할 나위 없는 일이었다고 봅니다.

나라를 빼앗기고, 우리 글자 한글은 말할 것도 없고 우리 말까지도 못 쓰게 짓밟히던 시절에, 불행 중 다행으로 바로 그때 뛰어난 스승 한 분이 나타나셨습니다. 바로 주시경 선생님입니다. 혹시 〈말모이〉 영화 보았나요? 우리 겨레가 잃어버린 힘을 되찾고, 빼앗긴 나라를 되찾을 길이 우리 말과 글에 있다는 것을 깨달으셨던 거지요. 우리가 다시 나라를 되찾은 힘도, 오늘날 한류 열풍으로 슬기를 온 세상에 드날리는 힘도, 그 바탕은 한글이라고 저는 굳게 믿어요. 우리나라를 식민지로 거느리기도 했고, 일찍이 서구 문명을 받아들여 한때 세계 경제 대국에 이름을 올렸던 일본이 왜 우리에게 따라잡혔을까요? 어느 순간 우리가 일본을 앞서 나갔고, 이제 갈수록 그 차이는 더 벌어질 거라 봐요. 나는 그 비밀을 알아요. 일본 사람들이 쓰는 히라가나 글자와 우리가 쓰는 한글은 뜨레가 다른 글자입니다. 일본 글자는 소리덩이이고 우리 글자는 소리조각 글자입니다. 핸드폰으로 치면 2G와 5G 만큼이나 다르다고 해도 지나치지 않을 거예요. 그 비밀이 글자에 있다는 것을 일본 사람들이 알아차리기나 할까 싶어요.

간추리면, 그 옛날 아시아 대륙에서 실로 엄청난 힘과 지혜를 떨쳤던 우리 겨레가 끝없이 곤두박질치다가, 다시 힘을 되찾은 비밀이 글자였다는 것. 한글 덕분에 우리 말과 글이 하나가 되어 온 겨레 힘이 한데 모였다는 거. 앞으로도 이 글자 덕분에 우리 겨레가 온 세상에 힘을 떨칠 거라고 봐요.

  이제 마지막으로 한 사람이 살았던 삶을 살펴볼 차례예요. 조선 시대 의사 허준과 이순신 장군을 예로 들고 싶어요. 허준이 왜 훌륭한 의사가 되었을까요? 허준은 환자들을 돌보면서 살핀 것을 놓치지 않고 적었지요. 이 환자는 이런 증상에 이 약을 썼더니 이런 효과가 있고 또 이런 부작용도 있다고. 그 열매가 《동의보감》이라는 책이지요. 마찬가지로 이순신 장군은 《난중일기》를 썼지요. 날마다 일기를 쓰다 보니 몇십 척 배로 몇백 척 일본군을 물리친 뛰어난 장군이 된 거라 봐요. 지금은 돌아가셨지만 우리나라 글쓰기 교육에서 손꼽히는 이오덕이란 분이 계셨어요. 선생님이 평생쓴 일기 공책이 98권이었어요. 어떤 분야에서건 제아무리 재주가 뛰어나다 하더라도 꾸준하게 적는 사람을 당해 낼 재간은 없어요. 적지 않고는 발전에 한계가 있는 듯해요. 글을 쓰면서 사는 사람과 한평생 말로만 사는 사람은 사는 뜨레가 다를 수밖에 없지요. 글을 쓰다 보면 하루하루 나를 살펴볼 수 있고, 그래서 더 나은 사람이 되게 하지요.
  이야기가 길었지요? 재미없는 이야기였을 텐데 이렇게 끝까지 귀담아 들어 주어 고마워요. 아무튼 내 이야기를 마무리하면, 인류 문명이 걸어온 역사를 살펴보아도, 우리 겨레가 살아온 역사를 살펴보아도 그리고 한 사람이 살았던 삶을 들여다봐도, 글을 쓰는 사람은 삶이 남다릅니다. 삶의 결이 다르다고 봐요. 그래서 여러분이 제 삶을 가꾸고, 또 끌어올리고 싶다면, 글을 써야 한다고 말하고 싶어요. 나는 그렇게 믿고 살아요. 2024. 8. 27.

구자행님 신인류 사랑
말과 글로 빚어낸 국어 시간

1판 1쇄   2025년 6월 17일

글쓴이   구자행
펴낸이   조재은
편집   이혜숙
디자인   서옥
관리   조미래

펴낸곳   (주)양철북출판사
등록   2001년 11월 21일 제25100-2002-380호
주소   서울시 영등포구 양산로91 리드원센터 1303호
전화   02-335-6407
팩스   0505-335-6408
전자우편   tindrum@tindrum.co.kr
ISBN   978-89-6372-451-5 (03810)
값   18,000원

♡ 잘못된 책은 바꾸어 드립니다.